未来を紡ぐ覚醒のVision

シュメールの王と霊《ひ》の元《もと》の王

～LAST CHANCE～

不二真央都

人類を創られた神はある時、人類が物質を開発して天国を創るために、人類に物欲を与え、「競う」ということを良しとされた。それから人類は競い合い、切《せっ》磋琢磨《さたくま》して物質文明の発展を遂げてきた。しかし、人類の競い合いは次第に「争い」へと姿を変えた。争いは科学力が増すほど大きな破壊力を持ち、多くの民が苦しんだ。神はそのたびに悲しまれ、ついには行き過ぎた人類の文明を崩壊させた。

現人類の文明の発祥地と言われるメソポタミアでも、人々は争いを繰り返した。この時代に生きたメソポタミアの国王の重臣が、筆者にこう言った。

「メソポタミア文明こそがこの世を変えていった。我々は国王のもとで動き、すべての支配を受けていた。我々の国を潰《つぶ》した者たちが、この世に生まれて来る時に、すべての記憶を忘れて、我々を苦しめてきたことさえ全く覚えていない。我々は文明を壊され、すべてを奪われてこの世を去った。あの世でもこの世でも魂の罪は消えない。だから我々は、今の繁栄した文明とその者たちを許せない。しかし神は、恨《うら》みをもつ私たちに、『争いをやめ、戦いをやめ、共に殺し合った罪を詫び、水に流し、この地球の中で和して共に生きることを願っている』親神の想いを知った以上、もう戦いをやめて、神に仕えていくことを決意した。この高度に進んだ現代文明を作り出した人類も、我々と同じように神に仕えることを願っている。過去に犯した争いのひどさを知るより、今をどう生きるべきかを知ってほしい。同じ過ちを繰り返さないように」

この物語はそんなメソポタミアの王や、民の願いが込められた物語である。

著　不二真央都

目次

カバーデザイン　櫻井　浩（⑥Design）
校正　麦秋アートセンター
本文仮名書体　文麗仮名（キャップス）

序章

神様との約束

神様は神の科学（神学）を駆使して、長い年月をかけ宇宙を創り、地球を創られた。光、水、空気、大地、草木、生き物など人類が地上で生きられる環境を整えられてから、最後に人の魂を創り肉体をまとわせて地上に誕生させた。

人類の魂は地上に誕生する前に、神様とある約束をする。その約束とは、人類が自然界に感謝して生き続ける限り、自然界のなかに配置した龍神様が自然界を守り続け、人類が豊かに生き続けられるというものだった。

人類は神様との約束を忘れずに子孫に引き継いでいけるようにと、毎年田んぼに稲苗を植える前に『お田植え祭』をしてきた。田んぼの神様と自然界の神々様に手を合わせ、大地の恵みに感謝して豊かに暮らしていた。

今から約三百万年前には、全世界の民の代表が不二山《ふじさん》にお立ちの神様のもとに集い、各民族の旗を田んぼに掲げ盛大なお田植え祭をおこなっていた。各地域においても、その地の風土、気候に合わせて形を変えながら、すべての人類がお田植え祭をおこない、大人から子どもへ、孫へとその伝統が引き継がれていった。

物欲が先行して伝統が途絶えてしまうような民族もあったが、現代文明のもとを作ったといわれているシュメールの民は、代々その伝統を引き継いだ。故に、豊かな大地からたくさんの米や麦を収穫し大きな国力を得、文明をつくることができたのだ。メソポタミアにいくつか誕生した都市国家をはじめて統一したのはアッカド王サルゴンだった。サルゴンが築いた帝国をアッカドの治世最大にしたのは四世ナラム・シンの世であった。しかし、五世シャル・カリ・シャッリの世にアッカド帝国は崩壊した。

アッカド帝国に何があったのか。当時の出来事を必死に現代に伝えようとしている一人の少年がいた。少年の声は現代の人びとに届くのだろうか。

《登場人物》

真人《まさと》―『本作』ナラム皇子の生まれ変わり、『ムーとアトランティス』真主天皇子の生まれ変わり

令《れい》―エラム国の王子ナディィの生まれ変わり

宙斗《そらと》―令の弟、『本作』チムルの生まれ変わり、『ムーとアトランティス』北斗の生まれ変わり

太平《たいへい》―宙斗の友だち

ナラム皇子―アッカド三世マニシュトゥシュの第一皇子

アルト皇子―アッカド三世側室の子、第二皇子、ナラムの弟

セレナ姫―ドホール王の娘、ナラム皇子の側室

ドホール王―アッカド帝国の家系であるドホール家の王

ベルク―ナラム皇子の側近

カイリ─アッカド帝国の軍人
チムル─ナラム皇子の側近　参謀的存在
サハンラの王─アッカド軍が攻撃するサハンラ国の王
スレイマン─アッカド帝国の神殿の神官
アッカド一世─ナラム皇子の祖父
サライ姫─霊の元つ国の皇女、ナラム皇子の正室
ナディ─エラム国の王子
ウマ皇子─ナラム皇子とセレナ姫の子
シャル皇子─ナラム皇子とサライ皇女の子
ミネ─シャル皇子の側室
ネオス─シャル皇子の世話係
白羽《しらは》─『ムーとアトランティス』真主天皇子の婚約者、太平の先生

一章 出会い

「今日は良い天気だな。」

真人《まさと》はそう言いながらグーッと背伸びをした。よく晴れた青空の下、真人は不二山の東北麓にある山林のなかにいた。木々の間から光が差し、木の根に生《む》した苔《こけ》が光に照らされてキラキラしている。

「本当、気持ちいいな。」

真人の隣で令《れい》も背伸びをした。二人の足下には膝までほどの高さの石碑が立っている。学校が休みのこの日、二人は連れだってこの石碑に訪れた。二人は石碑の高さに合わせて腰を下げ、手を合わせた。


真人と令がこの石碑の前で出会ったのは、数ヶ月前の事だった。

真人は幼い頃から幻覚が見えたり、幻聴が聞こえたりして、自分は人とは違うのだと感じて生きてきた。数ヶ月前のある日も幻覚に導かれてこの石碑のもとを訪れた。そして石碑の前で意識を失い倒れた。運ばれた病院のベッドで眠り続けていた三ヶ月の間、真人はこの石碑の場所に太古に存在したムー大陸の神殿を見た。そしてその神殿で暮らした過去世《かこぜ》の記憶を蘇《よみがえ》らせた。石碑の前で倒れていた真人を発見したのが令と、令の弟の宙斗《そらと》だった。この兄弟は、真人がムー大陸の神殿で暮らしていた時代、真人の従兄弟として共に生きていたのだった。

真人と令、宙斗は、この石碑が太古ここに存在した神殿のかけらであると知り、この場所に富士山神社を作ろうと考えたのだった。

「……ん？」

手を合わせていた真人がふと顔を上げた。

「真人、どうかした？」

「ううん。なんでもない。そういえば今日、宙斗は？　いつも一緒なのに。」

「宙斗は家で友達と遊んでるんだ。最近いつもその子といるんだけど、少し変わってる子で。」

「変わってるって？」

「会えば分かるよ。」

二人は石碑を後にし、令の家へ向かった。


二人が令の家につくと、玄関には宙斗のランドセルが放り投げられ、靴が脱ぎ散らかしたままだった。令が「やれやれ」とランドセルを拾いながら玄関をあがると、リビングには紙切れが散乱していた。

「お兄ちゃんお帰り！　真人いらっしゃい！」

宙斗は二人に挨拶《あいさつ》をしながら紙を威勢よく破き続けている。そんな宙斗の隣には静かに座って丁寧に紙を裂《さ》いている少年がいた。少年は裂いた紙をきちんと積み重ねている。真人はあっけにとられていた。

「こ、これは……？」

「この子は宙斗の友達の太平《たいへい》君。普段は宙斗と同じ小学校の特別学級に通ってるんだ。こうして紙を裂いていると落ち着くみたいで。宙斗は太平君の真似をして散らかしてるだけなんだけど。宙斗、そろそろ太平君を送ってあげる時間だよ。

ほら、片付けて。」

「はーい。太平君、終わりだって。」

　宙斗に片付けを促された太平は、突然ソワソワし始めた。真人を見るなりこう言った。

「アガットフォー」

「えっ……今なんて言ったの？」

　戸惑《とまど》う真人に令が解説する。

「太平君が話せる日本語は少しなんだ。自分の気持ちを伝えたいときに一言言うくらい。あとは意味不明な言葉を喋ってる。」

「そ、そうなんだ……。ねえ、令。今度太平君と一緒に石碑のところに行けないかな？」

「太平君と石碑へ？」

一週間後、真人は石碑の前で令たちが来るのを待っていた。しばらくして令が宙斗と太平を連れて来ると、全員で石碑に手を合わせた。真人は横目で太平の様子をうかがった。手を合わせ終えると、太平は宙斗と石ころで遊び始めた。二人の様子を眺《なが》めながら令が真人に言った。

「真人、どうしてここに太平君を連れて来ようと思ったの？」

「一週間前、令の家で太平君が僕に向かって言った言葉を覚えてる？」

「太平君が真人に言った言葉？」

「太平君は『アガットフォー』って言ったんだ。その言葉、あの日僕がここで聞いた言葉と同じなんだ。」

「えっ？　どういうこと？」

「あの日、太平君と会う前に僕たちここに来たでしょ。あの時、聞こえたんだ。『アガットフォー』って。その後すぐに出会った太平君が同じ言葉を言った。だから太平君をここに連れて来たら、その意味が何か分かるかもしれないって思ったんだ。」

真人がそう言い終えた瞬間、宙斗が叫んだ。

「助けて！」

4メートルほどの高さの谷間を太平がのぞき込んでいる。宙斗が必死で止めようとしている。

「太平君、落ちちゃうよ！」

令と真人で斜面にはい出そうとする太平の身体を引っ張るが、太平は斜面に何かを見つけたようで、それを取ろうと腕を伸ばしている。もともと自分の意志が通らないとかんしゃくを起こす太平を三人は制止できない。

「アガットフォー！」

そう叫んで思いっきり伸ばした太平の手には石が握られていた。泥や落ち葉にまみれた少し大きなその石を太平は真人に差し出した。

「僕にくれるの？」

真人が石を受け取ると太平は落ち着きを取り戻した。令はホッと胸を撫でおろした。

「石か。ああ驚いた。さあもう帰ろう。服が泥まみれだよ。」

四人はそれぞれの家へと帰った。

真人は太平から受け取った石の泥を庭の水道で洗い流した。タオルで包み自分の部屋に持ち込んで丁寧に拭《ふ》いていると、でこぼこした模様があることに気付いた。

「なんだろう、これ。」

模様を指でなぞると声が聞こえた。

『アガットフォー』

次の瞬間、真人の目から涙がツーッと流れた。

「え？」

頬の涙を手で拭《ぬぐ》うと、真人の脳裏に広大な大地の光景が浮かんで見えてきた。

二章

赤人《あかひと》の国の皇子《おうじ》

【真人の脳裏に浮かぶ光景】

そこは戦場だった。乾いた広大な大地に何万もの兵士が布陣している。戦闘開始の合図を待ちながら両軍がにらみ合っている。

「スサ軍！　行け!!」

「ワーーーー」

歩兵隊が突き進む。

「アッカド軍！　弓隊！　槍隊！　射て!!」

放たれた弓矢と槍の飛距離がグングン伸びていく。意表を突かれたその飛距離に歩兵隊が次々と倒れていく。すかさず次の号令が下る。

「アッカド騎馬隊！　進め!!」

騎馬隊が勢いよく走りだす。敵陣の兵士が弓を射ろうとする寸前に騎馬隊から火矢が放たれる。火矢から目と鼻を突く煙が噴き出す。煙に翻弄される兵士に主力部隊が突入し兵士をなぎ倒しながら敵陣の中枢部まで突破した。この軍の指揮を執《と》る皇子が後方で戦況を見守る。皇子に近衛《このえ》兵の一人が言った。

「ナラム皇子、勝利が見えましたね。」

「ああ。この大地の長は、我々アッカドだ。」

圧勝で戦《いくさ》を終えたこの部隊は、ほぼ無傷で自国へと帰還した。


自国には赤茶色の石を組んで作られた大きな宮殿が建ち並ぶ。強い日差しに空気は少し乾いているが、大地の両側を流れるチグリス川、ユーフラテス川のお陰で、そこに住む人びとの暮らしは潤っていた。

一際大きな宮殿の前に帰還した兵士たちが、王族や民衆の歓喜の声を浴びている。

「ナラム皇子の親衛隊が帰って来たぞ！」

「アッカド帝国は無敵だ！」

「勝利に導いた神に感謝を！」

部隊の指揮を執った皇子、ナラムはこの大きな宮殿の王アッカド三世マニシュトゥシュの第一皇子だ。小麦色の肌をした身体はたくましく鍛え上げられている。そんな男らしさに反して、はかなげに伸びる長いまつ毛の上で黒髪が風になびいている。二十歳に満たない若き皇子に、高貴な服をまとった姫たちは黄色い声を上げている。

「ナラム皇子！　素敵ですわ！」

「ねえ見て、ナラム皇子のあの腕！　立派だわ。」

「まあ、私はアルト皇子がいいわ！」

「何を言うのよ。一番はナラム皇子よ。」

「そうだけど。ナラム皇子はセレナ姫のものだもの。」

「悔しいけどそうね。セレナ姫にはかなわないものね。」

止まない歓声の中、宮殿の中へと入ったナラム、皇子ら、臣下らを三世が出迎えた。

「父上、ただいま戻りました。」

「ナラムよ、皇子らよ、よくぞスサに勝利してくれた。スサの娘をナラム、そなたの妃とするのだ。アッカド帝国は今後、更にメソポタミアの統一を拡大するぞ。」

「はい、父上。」

ナラムは三世へ帰還の挨拶を終え、兵士たちをねぎらった。兵士たちは思う存分酒を飲み、肉を食べた。喜びの歌を歌う者、家族との再会を喜ぶ者、伴侶のいない兵士は美しい女性たちを追いかけまわし、アッカド帝国の宴の席は朝になるまでお祭りのように続く。

ナラムは途中で席を立つと、数人の臣下と共に神殿に向かった。出兵する際にも戦勝祈願をした神殿だ。兵士たちが無事に帰還できたことへの感謝の祈りを捧げた。祈りを終え神殿から出てきたナラムをセレナが待っていた。セレナはアッカド帝国の王族の家系であるドホール家、ドホール王の娘だ。

「ナラム皇子、お帰りなさいませ。」

「ただいま。無事に戻ることができたよ。」

「皇子、お身体を見せてください。」

「え？」

セレナはナラムに拒む隙を与えない早さで、ナラムが身にまとっていた衣服をめくると肩に小さな傷を見つけた。

「手当して差し上げます。」

「かすり傷だ。」

セレナは強引にナラムの腕を引っ張っていった。部屋に入るとナラムをイスに座らせナラムの上半身の衣服をすべてはいだ。

「他に傷はありませんか？」

セレナはナラムの鍛え上げられた身体を指でなぞっていった。

「ちょ、ちょっとセレナ。他に傷はないよ。お腹が空かないか？　食事にしよう。」

ナラムは戸惑いながら衣服をまとい直すと、側近に声をかけた。

「ベルク、ここに食事を用意してみんなを呼んでくれ。」

「はい。ナラム皇子。」

ベルクはナラムが信頼する側近の一人だ。すぐに食事が整えられると『みんな』が集まりテーブルを囲んだ。

「誰もが恐れをなすスサ軍を前に、ナラム皇子は堂々とされていて、スサ軍の兵はひるんでいましたね。逆にアッカド軍の士気は上がって一気に攻め落とすことができました。」

ナラムにそう話すのはカイリだ。カイリは高身長だが、素早い身のこなしで相手の隙をついていく軍人。戦場のナラムのそばにはいつもカイリがいる。

「私はカイリがいてくれるから堂々としていられるのだ。カイリの剣はアッカド国に勝利をもたらしてくれる。」

「光栄です。」

「でも兄上のやり方は敵とにらみ合って、探り合って、開戦までに時間がかかるんだよな。これだけの部隊を持っているんだから、とっとと済ませればいいのに。」

そう言うアルトは三世の側室の子。第二皇子でナラムの弟だ。少々気が短く、ナラムたちが立てる戦略からいつもはみ出しては、好きに自分の部隊を率いて軍を乱す。そんなアルトに、セレナは普段から少々腹を立てていた。

「アルト皇子。作戦を無視してナラム皇子を危険にさらさないでくださいませ。ナラム皇子の作戦は完璧なのですから！」

セレナの忠告に耳を貸さないアルトは食事を口に頬張って鼻で笑い、こう言った。

「完璧な作戦なんてないさ。」

続けてナラムが言った。

「アルトの言う通りだ。今回もチムルの機転がなければ我々は西からの奇襲攻撃を防ぐことができなかった。いつもチムルの智恵と機転に助けられている。」

ナラムにそう言われたチムルは照れ笑いを浮かべて小さく頭を下げた。チムルは智恵が働く参謀的存在。小柄で優しい性格の持ち主だ。

ナラムは「いつもチムルに助けられている」と言ったが、ナラム自身、敵を倒すことに長《た》けた皇子だ。若い頃から狩りを好んだナラムは、野生の猛獣が戦うところを細かく観察していた。

ある日、ワニが水辺にひそんで獲物を待っていた。足の速い草食動物を逃すことはしばしばあるが、ジッと耐えぬくワニの姿から、忍耐力の強さを学んだ。

ある日は、ライオンとワニがにらみ合っている場面に出くわした。ライオンはワニの鼻先に手を乗せ、叩いてみせた。怖がることなく威厳に満ちた眼力をもってワニを制していた。ワニは瞬時に突っ込んでくるが、ライオンはひらりと身をかわし、ワニの背中に回って前足でするどくかかっていく。ワニは逃げて水に入った。

百獣の王は、単独でも強く、群れを成しても強く、知略に長け、決して逃げない。その姿こそ王の姿だ。ナラムはそうさとり、若い頃から精進を重ね、自らを鍛えた。様々な変化に対応する力を持っていった。

ナラムの部隊では子供たちが幼少期から訓練に入り、毎日の身体の鍛錬を怠らず、ゲリラ特殊部隊、情報特殊部隊も備えていた。若き皇子は戦の天才と他国より恐れられていた。

食事をとりながら、各々戦場での武勇伝を語り合っていると、一瞬ナラムの顔が曇った。カイリが気づいた。

「ナラム皇子、どうかしましたか？」

「……勝利は嬉《うれ》しいものだが、私たちが勝利を収めていく度に、奴隷となる民が増えていくのも事実だ。父上は属国となった国に容赦しない。今のままで良いのだろうか……」

ナラムの話にカイリとチムルからも笑顔が消えた。しかし、アルトだけは表情を変えず、淡々とこう言った。

「何を言ってるんだ兄上。良いも悪いも、それが負けた国の運命だろう。そんなことを気にしていたら隙をつかれるぞ。」

「運命……」

ナラムは奴隷問題に心を痛めていた。ナラムは自然界の弱肉強食の世界にも、ルールがあることを知っていたからだ。自然界の生きとし生ける命の営みは決して過酷に痛めつけることはしない。強者肉食獣は全て食べつくすことはない。さらに痛め続けることもしない。草食獣が豊かに繁栄してこそ、百獣の王は永遠に生き続けることができる。そんな自然界の姿からナラムは、人も大自然の一部であることを知り、天地の創造主の意志をさとっていた。強者が弱者を過酷なまでに痛めつける奴隷問題はそれに反していた。

食卓に少しの間流れた沈黙をセレナが破った。

「ところで、スサの娘をナラム皇子の妃にというお話を耳にしましたけど、その娘は側室ですよね？　正室になれるのは、王族の血を引くこの私ですよね？」

セレナが気にしていることは、ナラムとは別の次元だった。

「そ、それは父上がお決めになることだよ。」

ナラムはセレナの話をそらしたかった。そばで空いた食器を下げていたベルクがナラムの気持ちを察知してセレナにこう言った。

「スサの娘はすごく美人だと聞きましたよ。」

「え？　美人ってどのくらい？　私より？　ねえどうなのベルク！」

セレナの質問から逃れたナラムは、ベルクに「有難う」と目配せをした。

ベルクはナラムの側近ではあるが、性格はお調子者だ。いつもさりげなくセレナをからかって楽しんでいた。ベルクによって部屋に笑いがもたらされた。

「すぐにアンシャンの小国、サハンラへの攻撃が始まる。今回は父上自らが指揮を執られる。みんな、頼んだぞ。」

ナラムがそう言うと一同が声をそろえた。

「はい。」

数週間ほどたち、アッカド軍はサハンラへの攻撃を開始した。スパイによって開場された城門をくぐると、あっという間に宮殿を制圧した。サハンラの王とその一族、女、子供までが広場に集められた。三世とアッカド軍を前に、皆、腕は後ろ手に縛られ跪《ひざまず》かされる。

「ナラムよ。」

「はい、父上。」

「この王の首をとるのだ。」

「はい。」

「そして、ここに集めたサハンラの血をひくすべての者の首を斬り落とすのだ。」

「えっ」

「聞こえなかったのか？　皆殺しにするのだ！」

三世は声を荒らげて言った。女、子供は声も出せないほどに怯《おび》え、震えている。サハンラの王が泣きながら一族の者たちの命乞いをしている。そんな光景を目の前に、ナラムは剣を振り上げられずにいる。

「どうした、ナラム。この私に背き寝返った国の者は一人も生かしてはならない。さあ、やるのだ！」

ナラムは剣を握りしめた。そして……サハンラの王の首に剣を振り下ろした。

次の瞬間アルトが勢いよく、女、子供の首を斬り落としていく。兵士たちもそれに続いた。民の血が大地に流れた。

「首はさらせ！　手足を切り刻み、寝返る者の末路を世に知らしめるのだ！」

ナラムの身体も、アルトや兵士たちの身体も血まみれになった。顔に浴びた返り血がナラムの頬を伝って流れた。これまで無数の権力者と兵士を殺《あや》めてきた。しかし、今回は全く違う感覚を覚えた。

アッカドの宮殿に戻った夜、ナラムは寝付けずにいた。ふと窓の外を見ると、夜空に星が輝いていた。真北に一際光る星を見て、ナラムは部屋を出た。ナラムが向かった場所は神殿。

その神殿は真北に光る星を中心に造られていて、北極星神が祀《まつ》られている。ナラムが火を灯すと神殿に仕える神官がナラムに声をかけた。

「ナラム皇子。」

「スレイマン。」

まだ若い神官の名前はスレイマンと言った。スレイマンは代々神殿に仕える家系に生まれ、最近になって正式に神殿に仕え始めた。

「ナラム皇子、眠れないのですか？」

「スレイマン……こんな夜更《よふ》けに申し訳ない。」

「いいえ。何かありましたか？」

「銀河の星がぶれることなく回り続けることができるのは、北極星が不動だからだよな。」

「はい。北極星は不動でぶれることがありません。」

「……今、私の心は揺れ動いている。アッカド帝国は進むべき道を間違えているかもしれないと……」

「人の心は揺れ動きやすいものです。だからこそ不動の神、北極星神に祈るのです。」

「そうだな。」

「私はまだ神殿にお仕えするようになって日が浅いですが、祖父から聞いた話があります。北極星神のご分魂神が、極東の霊の元《もと》つ国の中央にそびえたつ不二山に立たれていると。

霊の元つ国は、メソポタミアの地にやってきたシュメールの民の祖国であり、アッカド一世様の祖国でもあります。シュメールの民も、一世様もこの地の民に偉大なる北極星神と文明をもたらしてくださいました。そのような霊の元つ国の血を受け継がれるナラム皇子なら、いずれアッカド帝国の偉大な皇帝になられることでしょう。」

「有難う、スレイマン。」

ナラムは北極星を見上げた。それからナラムは、朝と夜にこの神殿を訪れ、北極星神に祈りを捧げることを日課とした。時間をみつけてはスレイマンと語り合った。ある時はこんな会話をした。

「私の祖父、アッカド一世様は霊の元つ国の皇子としてお生まれになった。五色《ごしき》人《じん》のなかで赤人系の母を持つ一世様は、メソポタミア統一の命を受けられこの地に降り立たれた。そしてこの地を『赤人の地』という意味で『アッカド』と名付け、赤い神殿を建てられたのだ。」

「北極星神の神殿の色が赤色をしている所以ですね。我々メソポタミアの民は北極星神と、本家が霊の元つ国であることを忘れてはならない。」

「その通りだ。」

ナラムはスレイマンと会話を重ねるたびに、行ったことのない霊の元つ国に対する思いが募《つの》っていった。時折、アルトを神殿へ誘ってみたが「私は後で行くから。」と断られていた。

「アルトにも霊の元つ国のことをよく知ってもらいたいのだが……。」
ナラムがそう思っていた矢先、霊の元つ国の王の使者がアッカド帝国を訪れた。十六弁の菊の紋章が刻印された書簡は使者から三世へ手渡された。書簡にはこう記されてあった。

『霊の元つ国の皇女《おうじょ》を、アッカド帝国ナラム皇子の正妃とする』

三世は本家の皇女を迎えることで、アッカド帝国の権威が増すと大喜びした。アッカド帝国内でも喜びの声が広がった。ナラムも皇女が訪れる日を心待ちにした。宮殿内は皇女を迎え入れる準備に追われた。そんななか皇女を歓迎しない姫がいた。ベルクがつぶやいた。
「セレナ様は大丈夫だろうか……」

　霊の元つ国の使者が訪れて以来、セレナはナラムの元を訪れなくなった。心配したナラムはセレナを訪ねようと、ドホール家の宮殿に入ると王の声が部屋から通路にもれ聞こえてきた。

「セレナ、そなたが正室になれぬとは！　こうなったらなんとしても側室となって、先に皇子をもうけるのだ！　ナラムの寵愛を受けられるよう努めるのだ！」

　セレナのこぶしは強く握りしめられ震えていた。力のある王族の家系に生まれ、アッカド宮殿内では、ナラムの正室に相応《ふさわ》しいのはセレナだと誰もが思い込んでいた。セレナのプライドはひどく傷ついた。

　ドホールの話を耳にしたナラムはそっと宮殿を後にした。少し日をあけてから再びナラムはセレナの元を訪れた。

「セレナ、ごめんね……」

「……ナラム皇子が悪いわけではありません。謝られては余計に……。たとえ側室でもナラム皇子が愛して下されば、私は一心にお仕えいたします。」

ナラムにはセレナが精一杯強がっていることが分かった。

「ごめん。」とつぶやいた。ナラムにはその言葉しか思い浮かばなかった。

その後、三世の命でセレナはナラムの側室になることが決まった。しばらくして霊の元つ国の皇女が行列と財宝を率いてアッカド帝国に到着した。

三章

戦場の姫と宮殿の姫

霊の元つ国からやってきた皇女は、三世とナラムの前で跪いた。

「サライと申します。」

「よくぞこのアッカド帝国へ来てくれた。これからナラムのことを支えてくれ。」

「はい。三世様。」


アッカド帝国内は、ナラムとサライの婚姻の儀式が数日間にわたり厳粛に執り行われた。そして、サライはナラムと二人で過ごすはじめての夜を迎えた。ナラムがサライに声をかけようと目をやると、サライはウトウトして今にも眠ってしまいそうだった。ナラムはクスッと笑った。その夜、二人は言葉を交わすこともなく、一つのベッドに並んで眠りについた。


翌朝、目が覚めたサライはひどく焦《あせ》った。いつの間に眠ってしまったのか記憶がない。早々にナラムに無礼を働いてしまったことに落ち込んだ。

「申し訳ありません……。」

謝るサライにナラムは微笑《ほほえ》んだ。

「気にすることはない。長い船旅から休む間もなく儀式に追われて疲れただろう。」

「……本当にごめんなさい……。実は私、皇女といっても、軍隊にいる時間が長かったのです。」

「軍隊？　皇女がなぜそのようなところに？」

「幼い頃からおてんばだった私に父は、宮殿のなかで過ごすより軍隊にいるべきだと考えて武術を身につけさせました。遠征に出向いてばかりいたので、厳粛な儀式は不慣れでとても緊張して……このような私で申し訳ありません……。」

うつむいて落ち込むサライに、ナラムは優しく言った。

「遠征の話を聞かせて。」

そう言われたサライは、スッと顔をあげた。

「私は軍用犬を率いておりました。」

「軍用犬？　犬？」

「はい。こちらに連れてきました。ご覧いただけますか。」

サライの命令に忠実に、的確に従う数十頭の軍用犬を前にナラムたちは目を見張った。カイリは「自分にもできる！」と言って命令をしてみるが、軍用犬は言うことを聞いてくれない。

「なんで言うことを聞いてくれないんだよ。」

犬に振り回されるカイリに一同が笑いに包まれていると、ふと、ベルクがこちらを見ている人物に気づいた。

「あっ、セレナ様。セレナ様もこちらに来てご覧ください。とても賢い犬ですよ。」

セレナは、ナラムたちの様子を少し離れたところから見ていたのだ。ベルクに声をかけられたセレナは、引き連れている女官と共にやってきた。

「改めましてサライ皇女にご挨拶申し上げます。セレナと申します。」

セレナはサライに向かって頭を下げた。婚姻の儀式では顔を合わせていた二人だが、こういうかたちでの挨拶ははじめてだった。

「サライです。よろしくお願いします。」

サライは頭を下げながら気づいた。セレナから漂ってくる良い香りに。セレナの美しく手入れされた手、肌、整えられた髪の毛が目に入った。思わず自分の手を重ねて指先を隠した。

セレナは挨拶だけ交わし、すぐにその場を立ち去った。そしてつぶやいた。

「……犬臭いお姫様……」

サライは隠した自分の指先をさりげなく見つめながら心の中でつぶやいた。

「……お部屋の中のお姫様……」

日々訓練を積み重ね、戦に出ていたサライの指は乾燥し、髪も邪魔にならないように結《ゆ》ってあるだけだった。自分は部屋の中でお手入れにいそしむタイプではないと思っていても、美しい姫を前に嫉妬心が芽生えた。

サライは部屋に戻るとナラムに言った。

「セレナ様はとても美しい方ですね。ナラム皇子の隣にいるのが私なんて申し訳ないです……」

「えっ？　なぜ急にそんなことを？」

「私なんて、女性らしくなくて……」

サライは頬っぺたを少し膨らませた。うつむいて顔をあげようとしないサライに、ナラムはクスッと微笑んだ。ナラムは、サライに出会った時から心惹かれていた。お姫様らしくなく、儀式での振る舞いは不器用で、かと思えば軍用犬に向ける笑顔は可愛くて、率いる姿はたくましい。と思えば落ち込んで頬っぺたを膨らませている。コロコロ表情を変える珍しい姫の姿を、ナラムは愛おしく思えた。

そっと立ち上がりサライに近づいてフワッと抱きしめた。その瞬間、サライの肩がキュッと上がり身体が固まった。少しなれると、優しく包んでくれるナラムの腕にサライは身をゆだねた。

「……こんな私でごめんなさい……」

「こんな君がいい……」

ナラムはサライの目を見つめた。そして、自分の唇をサライの唇に重ねた。二人の身体に熱いものが流れた。

サライと軍用犬が加わったアッカド軍の強さは勢いを増した。しかし、戦場でのナラムの戦い方がアンシャンの小国、サハンラの一族を皆殺しにしたあの日から大きく変わった。ナラムは軍に向かってこう叫ぶようになった。

「無駄な殺戮《さつりく》は許さない！　我が軍の目的は敵の降参だ！」

ナラムの部隊は騎馬隊を持っていた。軍用犬ほど意思の疎通はできなくとも、馬を扱うアッカド軍の兵力は、敵軍より遥かに上回っていた。さらに機動力の高い軍用犬を得たアッカド軍はメソポタミア最強の軍として敵国から恐れられた。

ある戦では騎馬隊が敵陣の中央を集中的に砕き、開いた突破口から軍用犬が勢いよく敵の後方まで突進、そこから左右に分かれて敵兵を八の字に囲んで追い込み降参させた。

サライと軍用犬の活躍は、アッカドの兵士や民の心を惹きつけていった。サライは戦場でのナラムの勇ましさや、敵兵へ情けをかけていく優しさに惹かれていった。二人の愛は深まっていった。勝利に沸くアッカド帝国の宮殿のなかで、セレナは唇をかみしめた。そんなセレナや他の側室のところへも、ナラムは足繁く通っていた。ある夜はセレナの元を訪れた。

「セレナ、元気がないね？」

「……そんなことありません……ナラム皇子、何か私にできることはありませんか？」

「セレナにできること？　なぜ？」

「……私も何かお役に立ちたいのです。サライ皇女ばかり……」

「ドホール家は私の強い味方だよ。」

「家ではなくて、私自信がお役に立ちたいのです。」

「有難う。その気持ちで十分だよ。」

ナラムからそう言われても、セレナは納得いかない。不機嫌なセレナは次第に自分よりも身分の低いナラムの側室に心の鬱憤をぶつけるようになった。しかし、それでも気が済まないセレナは、ある日イライラしながら宮殿の外を歩いていると、兵士が軍用犬の世話をしているところに差し掛かった。

「……この犬さえいなければ……」

セレナはそんな気持ちが沸きあがるのと同時に、犬がつながれている首の縄に手をかけていた。兵士の隙を狙って縄を緩めた。その時、後ろから声をかけられた。

「何をしているのですか！」

ビクッとしたセレナが振り向くとサライが立っていた。次の瞬間、

「バシッ」

サライはセレナの頬を叩いた。

「あなたがしていることは、ナラム皇子を危険にさらすことになるのですよ！

もしこの縄が戦場で外れたらどうなるか分かっているのですか⁉」

叩かれた頬に手をやりながら、セレナはサライをにらみつけた。そこに、騒ぎに気づいたチムルが駆け付けると、セレナは走ってその場を立ち去った。チムルはサライの手が震えていることに気づいた。

「私……とんでもないことをしてしまいました……」


チムルはサライを部屋まで連れて来ると、女官に温かい飲み物を運ばせた。

「サライ皇女、こちらを。」

「有難う。」

「セレナ様は悪気があったわけではないのです。実はセレナ様は……」

チムルはサライがアッカドに来る前のナラムとセレナの関係をサライに話し、セレナの気持ちも理解してほしいことを告げた。


サライはその夜、ナラムに言った。

「今夜はセレナ様の元へ行って差し上げてください。」

ベッドに一人横たわるサライは、ナラムのぬくもりを恋しがりながら眠りについた。

ナラムはセレナの元を訪れた。

「セレナ。」

「……ナラム皇子……私だけを愛してください……」

セレナはそう言うとナラムの胸に顔をうずめた。セレナの心はナラムの温かさで少し落ち着きを取り戻した。

翌朝、ナラムの隣で目を覚ましたセレナは言った。

「ナラム皇子、私は今日、皇子について回ります。お役に立ちたいのです。」

「今日？　しかし今日は……」

「どこへでもついて参ります。」

　セレナはナラムから「姫が行くようなところではない」とさとされたが、聞き入れずにナラムの後についてきた。その場所にたどり着くとお供のカイリが言った。

「今日もひどい……」

「ううっ。すごい臭い。」

　セレナは強烈に漂う臭いに鼻を手で覆った。そこは奴隷の労働場だった。酷使され、命果てた奴隷が無残な姿で放置され異臭を放っていたのだ。そんな姿の奴隷にナラムは手を差し伸べようとした。その時、

「皇子！　そのような遺体に触れないでください！」

　そうセレナが制した。しかしナラムは奴隷を抱き上げると葬れる場所を探して回った。穴を掘り埋葬していくナラムとカイリをセレナは臭いの届かない距離をとって見つめていた。数体の遺体を埋葬し終えたナラムにセレナは言った。

「早くお身体を洗い流されてください。」

「ああ」

とその時、ナラムの元へチムルが息を切らして駆け付けた。

「ナラム皇子！　アルト皇子が織物職人を！」

ナラムとカイリはチムルの報告を聞くと、慌てて壺に入れていた水で身体を洗い流し、織物職人がいる工場へ向かった。

そんなナラムの後ろ姿をセレナは呆然と見つめていた。セレナはこれ以降、ナラムのお供をしたいとは言わなかった。

四章

戦う意味

工場に駆け付けたナラムたちが目にしたものは……

アルトと兵士が百人近くいる織物職人の腕を次々と斬り落としている。

「アルト！　何をしているのだ！」

「何って、父上の命令だ。アンシャンの職人の腕を斬り落とせと。」

「父上が？」

アルトの言葉にナラムはあぜんとした。工場は血に染まっていった。


ナラムは三世の元を訪れた。

「父上、なぜ職人たちの腕を斬り落とさせたのですか？」

ナラムの問いに、三世は淡々と答えた。

「ナラム、そなたがスサに勝利してくれたおかげで、我々はスサの最高の織物職人を手に入れたのだ。アンシャンの職人はもう不要となった。」

「そんな……」

三世はアッカド帝国の繁栄と富を得るために冷酷な皇帝となっていた。そんな父親の姿にナラムは言葉を失った。


様々な問題を抱えたまま、アッカド帝国は次の戦を迎えた。

ナラム部隊優勢な戦況のなか、まもなく日が暮れようという頃に敵軍の総大将が叫んだ。

「今日はこれまでだー！　引けー！」

命令の声に敵軍は退散を始めた。ナラムもアッカド軍に退くよう命じたが、命令に背き侵攻を続ける部隊を見つけた。アルトの部隊だ。アルトは退こうとする敵兵の背中を次々と斬りつけていた。そして、今にも敵兵の首めがけてアルトが剣を振り上げた瞬間、ナラムが叫んだ。

「アルトー！　やめるのだー！」

叫び声に気づいたアルトは手を止めた。斬られる寸前のところから逃れた敵兵は、慌ててアルトの元から逃げ出していった。

「今日はこれまでだ。これ以上深追いはするな。」

そう言われたアルトは不服な顔をしながら剣をおさめると、ナラムの元から立ち去って行った。

夜の野営地でアッカド軍は火を焚きながら食事をとっていた。アルトは少し気が立っていた。そこへナラムがやってきた。

「アルト、少し話そう。」

「兄上。」

「今日もよくやってくれたな。」

「兄上があそこで私を止めなければ、今日のうちに決着をつけることができた。なぜ止めたんだ。」

「アルト……。あの兵士は震えながら家族の名前を叫んでいた……。」

「それがどうしたんだ？」

「最近考えるのだ。我々が戦う意味を。」

「何を言ってるんだ。アッカド軍の数万もの兵士の上に立つ兄上が。勝ってアッカド帝国を守るために戦っているんだ。兄上だって今までたくさん人を斬ってきたじゃないか。何をいまさら。」

「……確かにたくさん人を斬ってきた。それが正しいと思ってきた。しかし敵兵にも家族がいる。命を落とさずに決着をつけられる可能性だってある。しかし父上は……皆殺しにと命じる。用が済んだ者は切り捨てる。そうやって築き上げていく帝国になんの意味があるのか。」

「アッカドを守るために裏切り者の血は絶やさなければ。」

「サハンラが裏切るという選択肢しかないほど追い込まれていたとしたら？　一度くらいチャンスを与えても。」

「そんな時間を与えているうちにアッカドがやられたらどうするんだ。一掃しないと安心なんてできない。」

「それがアッカドを守るためになっているとは思えないのだ。」

「父上のやり方を否定するなんて、兄上とは一緒に戦えない！　私はもう休む！」

アルトは立ち上がり、自分のテントへと入っていった。残されたナラムは肩を落としてため息をついた。

翌朝、両軍が布陣したその時点で優劣はついていた。しかし、最後まであがいて前進してくる敵国にアッカド軍は応戦した。

「退路を一つ残せー」

ナラムはそう命じながら敵軍の総大将を追い詰めていった。

「退路を一つも残すなー」

アルトはそう命じながら退路を封鎖し、そこに逃れてくる敵兵を残さず斬り倒していく。

正反対の二つの命令にアッカドの兵士たちは混乱した。

「どちらに従えばいいのだ？」

そう戸惑っている兵士は、敵兵に隙を与え、斬りつけられていく。両軍ともに兵士たちの血が流れていく。

そんなアルトを横目に、ナラムは兵士とサライの軍用犬と共に敵軍の総大将を包囲し降参を迫ろうとしたその時、

「ワー」

アルトがいた方向から兵士の叫び声が上がる。ナラムがそちらへ目をやると馬に乗ったアルトが勢いよく総大将めがけて突進してくる。

「その首もらった！」

アルトが叫んだ。

「アルト！」

制するナラムの声も聞き入れずにナラムたちが作った包囲網を破壊して突入してくるアルトの部隊に、軍用犬が驚いて興奮し始める。サライの命令が軍用犬の耳に届かない。混乱するアッカド軍にカイリの叫び声が響いた。

「サライ皇女！」

興奮した軍用犬を落ち着かせようと奮闘するサライに、敵兵の槍が降りかかろうとしていた。

「グサッッ」

「……ウゥッッ……」

槍はとっさにサライをかばったナラムの脇腹に突き刺さった。ナラムは脇腹を抱えながら膝からガクンと地面に崩れた。

「兄上！」

すでに敵の総大将の首をとったアルトがナラムに駆け寄ってナラムを馬に乗せた。カイリが敵兵を蹴散らし退路を作る。ナラムが乗った馬に続いて、呆然としていたサライをチムルが連れだした。

「ナラム皇子!!」

ナラムが運び込まれた基地にサライの声が響く。ナラムの意識が遠のきそうになる。

「ナラム皇子！」

「……サライ……けがは？……」

首を横に振るサライ。

「……よかった……」

「私のせいで……」

「……君のせいじゃない……せっかく霊の元つ国から来てくれたのに……連れて行くところは戦場ばかり……君を連れて行きたいところは他にあるのに……美しい森があるのだ……」

「……森……」

「……湖があって……動物たちがたくさんいて……霊の元つ国にもあるのかな？そういうところが……」

「……」

「……行ってみたい……霊の元つ国へ……君の故郷へ……」

息を切らしながらしゃべり続けたナラムは、次第に目がうつろになり、やがて閉じた。

「ナラム皇子！　皇子!!」


軍医による応急処置が行われ、ナラムはすぐにアッカド帝国に運ばれた。三世が各地から呼び寄せた精鋭の医師によって治療を終えたナラムがベッドに横たわる。その横でサライが突っ伏している。ひと時もナラムのそばを離れないサライをセレナが呼びつけた。

サライがナラムの部屋から出た瞬間、

「バシッ！」

セレナがサライの頬をひっぱたいた。

「あれだけの大口を叩いておいて、ナラム皇子をこのような目に遭わせるなど許せない。今のサライ皇女にナラム皇子を看る資格などありません。私が皇子に付き添います。」

サライは涙をこぼし、唇をかみしめながらその場を去った。

セレナがナラムのベッドに歩み寄ると、そこには血の気のないナラムが横たわる。

「……こんな姿……今まで一度だってなかった……早く目を覚ましてください。」

セレナの目から涙がこぼれ落ちた。


ナラムの元から駆け出したサライは三世から呼び出された。三世の横ではアルトが冷たい視線をサライに向けている。サライは震える声を絞り出した。

「……三世様……このようなことになってしまい……申し訳ございません。」

「君は無事かね。」

「はい……」

アルトが口を開いた。

「兄上は私が好きにふるまおうと必ず勝利してきた。サライ皇女が軍に加わるまでは。」

三世が言った。

「君はもう戦に出なくて良いよ。」

「……はい……」


三世の部屋を出て、うつむいて涙をこらえるサライの肩を、カイリがさすった。

セレナは献身的にナラムを看た。見慣れたナラムの身体を拭きあげ、マッサージをした。数日経つと、ナラムのまぶたがぴくっと動き、ゆっくり開いた。

「ナラム皇子！」

「……」

朦朧とする意識の中でナラムが何か言おうとしている。セレナはナラムの口元に自分の耳を近づけた。ナラムがやっとのことで絞り出す声は、

「……サライ……」

セレナはとっさにナラムの身体からパッと離れた。じわじわとセレナの目に涙がたまる。セレナはこぶしを握り締めながら、ナラムの部屋を出た。

ナラムが目覚めたと告げられたサライは、ナラムの元へ駆け付けた。

「ナラム皇子！」

ナラムの視線が、ゆっくりとサライへ向けられた。ナラムは軽く微笑んだ。数時間が経つとナラムの意識ははっきりと戻り、会話ができるようになった。

「皇子……本当にごめんなさい……」

「サライのせいじゃない。」

「私のせいです……。ナラム皇子が目覚めない間、皇子を看ていてくれたのはセレナ様です。食事も睡眠もとらずに……私は何のために皇子のおそばにいるのか……」

うつむくサライの手をナラムがとった。

「君がいてくれるだけで私は元気になれるのだ。そばにいてくれるだけでいい。」

「……おそばにいていいのですか……」

ナラムはにっこり微笑む。

その日からはサライがナラムを看た。ナラムの身体を支えながら起こすと、サライは恐る恐るナラムの身体に巻かれる布を巻きとった。脇腹に大きくついた傷に、涙をこぼしながら新しい布と変えた。

徐々に身体が回復してきたナラムは、うつうつとした表情で自分の身体を拭いてくれているサライにこう言った。

「サライ、この前私が言った言葉を覚えている？」

「えっ？」

「君を連れていきたい森があるって。」

「ああ、あの時おっしゃっていた森のお話……」

「今から行こう」

「……今から？　そのお身体ではまだ」

「大丈夫。すごいところがあるのだ。ぜひ連れていきたい。」

ナラムはゆっくりと立ち上がり衣服を羽織った。ふらつく身体をカイリに支えられながら、ナラムはサライを森の中にある湖のほとりに連れて来た。

「サライ、美しい湖だろう。」

「……はい。とても。」

宮殿にこもっていたサライは、自然のなかで気分が紛れた。ナラムが言った。

「私は幼い頃からカイリとこの森に来ては、動物たちから調和して生きる法則を教えられた。聖なる森と呼んでいる。今のメソポタミアでは絶えなく争いを繰り返し、頂点に立つアッカド帝国は権力でそれらをおさえつける。その度に自然界と弱い人々が傷つく。自然界の法則に反しているのだ。」

サライはこの森の空気が故郷の森と似ていると感じながらナラムの話に耳を傾けていた。目を閉じると森のエネルギーが身体に染み込んでくる。心が軽くなるのを感じて目を開けた。ついさっきまでふらついていたナラムもしっかり立っている。サライはこの森のエネルギーの高さを感じた。しかし、ナラムの脇腹に目が行くとサライは再び顔を曇らせる。そしてこう言った。

「私はもう戦場に行きたくありません。」

「サライ?」

「私がいるせいでナラム皇子が死んでしまうかもしれない……」

「サライ……。この傷はサライのせいじゃない。」

「もう怖くていけません……ナラム皇子にも行ってほしくありません……」

そういうサライの願いにナラムは言葉を詰まらせた。しばらく口をつぐんでからゆっくりと語り始めた。

「……それでも……私は行かなければならない……我々は戦をやめることができない。メソポタミアに住む者は戦という手段しか知らないから……」

「……皇子……」

「……だから私は……霊の元つ国へ行きたい……」

「……えっ？」

「サライ、私は霊の元つ国に行きたいと考えている。霊の元つ国の兵法を学びたいのだ。和するための兵法を。」

「……和するための兵法？……」

「これを。」

ナラムは一枚の書簡をサライに差し出した。

「サライがここに嫁いできたとき、お供の使者が私に届けてくれた。君のお父様からだと言って。」

「お父様が？」

サライは書簡を受け取った。そこにはアッカドの文字でこう書かれていた。

【兵法を学び、武術を身につけることの目的は戦うことではない。戦いを避け、戦わずに相手を制することができないかを考えて、和して生きる道をさがすために学び身につけるものである。困ったことがあったら私の元へ来なさい。】

「お父様……」

サライの目から涙があふれた。ナラムが霊の元つ国へ行くことを承知した。

三世は、「君主となるための帝王学をしっかり学んでくるように」と、ナラムの決意に賛成した。

傷が完治するまでの間、ナラムはサライから霊の元つ国の言葉を習った。

「霊の元つ国には五十音と言って五十の音があります。五十音には神々の力が宿ると言われ、言葉は正しく使わなければなりません。」

「神々の力が……。霊の元つ国の言葉はこちらの言葉と音が似ているものが多い。文法も似ていて学びやすい。」

「はい。私もこちらに来る前に学びながら同じように感じていました。」


　ナラムが言葉をある程度習得し、体力も回復し始めた頃、ナラムはアルトを呼び出した。

「アルト、私は霊の元つ国へ行ってくる。その間、アッカド軍を頼む。チムルをそばに置いていくから。チムルの言うことを聞くのだ。」

「……分かった……」

　普段はナラムの言うことを聞かないアルトだが、ナラムの負ったケガの原因が自分にもあると多少感じ、しぶしぶ承知した。

霊の元つ国へ発つ前の晩、ナラムとサライは神殿で旅路の安全祈願をした。二人は北極星を見上げながら、

「霊の元つ国とアッカド、離れていても北極星を見てつながっていよう。」

そう約束をした。

翌日、ナラムはカイリをお供に、数百人の様々な分野の専門家、技術者を連れて霊の元つ国へと旅立った。

【アッカド　サライ】

サライのそばにはベルクが残された。ナラムが発ってしばらくしたある日、ベルクがサライの元にお茶を運んできた。

「サライ皇女、どうぞ。」

「有難う。ベルクはずっとナラム皇子のおそばでお仕えしているの？」

「はい。ナラム皇子が幼い頃から。」

「ナラム皇子が幼ければ、ベルクだって幼かったでしょ。そんな小さな頃から側近なの？」

「生まれた時からの宿命です。」

「生まれた時からの……ね。私も生まれた時から宿命みたいなものはあったけど、政《まつりごと》の中心にはお兄様やお姉様がいて……足手まといな私は軍人の道を選んだの。」

　ベルクはサライの話を聞きながら気づいた。サライが自分の胸に手を当てて落ち着かない様子に。

「サライ皇女、どうかなさいましたか？」

「朝から気持ちが悪くて……ウッッ」

　サライは嘔吐した。

「サライ皇女！」

慌ててサライの背中をさするベルクはふと気づいた。

「サライ皇女、まさか……」

「えっ？」

サライは妊娠していた。三世にそれが告げられると、宮殿内は喜びに包まれた。

ある人物をおいて……。

「先に皇子を誕生させるなんて、許さない……」

セレナはそう言うと、自分のお腹に手を当てた。セレナも妊娠していたのだ。


ある日、サライとセレナが廊下で対面した。サライは心のなかで
「争ってはだめ。」

と言い聞かせた。

「セレナ様、ご懐妊されたのですね。共に頑張りましょう。」

「共に頑張る？　サライ皇女はご自身が置かれている状況が分かっていらっしゃらないのですね。身辺にお気を付けください。」

セレナはそう言って去っていった。サライは鼻の穴を膨らませながら悔しがった。

「せっかく優しく言葉をかけているのにあんな態度をとるなんて。」

ベルクがなだめる。

「そ、そうですね。それにしても、お二人のご懐妊を三世様はナラム皇子にお知らせしないだなんて……いくら専念するためだと言っても、私は納得できません。」

ベルクも鼻の穴を膨らませた。

「しーっ！　そんなことを誰かに聞かれては大変。私も心細いけど。ナラム皇子が頑張ってるんだから私も頑張らなきゃ。」

サライは毎晩、北極星を眺めながらお腹の子に語りかけた。

「あれが北極星ですよ。あなたのお父様は、あなたが生まれてくる世界を戦いのない世にするために、霊の元つ国に出向かれました。あなたもお父様のように和を尊ぶ子になってくださいね。」

五章

稲作の意味

【霊の元つ国　ナラム】

数ヶ月後、ナラムたちは長い船旅を終えていよいよ霊の元つ国に上陸しようとしていた。船が相模の湾に入ると大きな山が見えた。ナラムがカイリに尋ねる。

「あの山の名は何というのだ？」

「あの山は大山《おおやま》といいます。」

「大山。連なる山々も緑に覆われて、なんて美しいのだ。」


霊の元つ国に上陸したナラムは、まず大山に登った。豊かな緑に囲まれた霊の元つ国が天国のように見えた。大山山頂から望む海を見つめながら、ナラムは遠い彼方にある故郷を偲んだ。そして不二山を見た。

「なんという雄大な山。この美しい山に北極星神がお座すのか……」

そう思いながらナラムは不二山に向かって手を合わせた。

　それから数日、景色にみとれながら陸の旅を続けていくと、ナラム一行は不二山の東北麓に建つ神殿にたどり着いた。そこには、木で出来た巨大な神殿がそび え建つ。神殿を背負う山の山頂にはピラミッドが輝いている。ナラムはその神殿の大きさとそれを造り上げる技術にあっけにとられていた。

「まるで空中神殿だ……。これほどの神殿を造り上げるには相当な基礎が必要だが……」

　あっけにとられながらナラムは、神殿の脇にある宮殿内に案内され、霊の元の王に歓迎された。

「神皇様、皇后様、アッカド帝国第一皇子ナラムでございます。」

　ナラムが跪き挨拶をする。

「君がナラム皇子か。」

「はい。」

「サライを嫁がせた皇子がどんな皇子か気になっていた。サライのおてんばぶりは目に余るだろう。」

「いいえ。素晴らしい姫です。」

「あの子の性格からするとすぐにでもここへ戻ってくると思っていたが、こうしてあの子がアッカドに残っているということは、君の妃になる決意を固めたのだな。」

「サライ姫と共に戦に出て、私たちは戦がもたらす悲しみを味わいました。神皇様より賜《たまわ》った書簡を頼りにこうして参りました。」

「そうだったか。まあ今夜はゆっくり長旅の疲れを癒《い》やしてくれ。」

「有難うございます。」


その夜ナラムは、不二山上空に満天に輝く星を眺めていた。

「サライ、君の故郷は天国のように美しい。」


翌朝、ナラムは霊の元つ国の王と共に神殿の周りに広がる田んぼにいた。朝日が昇り、少しずつ明るくなってきた空の下で、広大な斜面にだんだんと棚田《たなだ》が並んでいる。水路がきれいに整備され、水が豊富に流れている。稲は夜露に光が反射してキラキラ輝いている。あぜには世界の種族の旗が掲げられていた。ナラムは新鮮な空気を胸一杯に吸い込んで言った。

「こんなに美味しい空気は初めてです。豊富な水がこれほど張り巡らされているとは。水路の技術が素晴らしい。」

「確かに技術もあるが、それ以前の問題もある。人は水や大地から恵みをいただいている。すると水や大地はエネルギーが落ちるのだ。水、大地は人の感謝の心でエネルギーが高くなる。すると再び恵みを返してくれる。もらうばかりではだめなのだ。太古はどの種族の民も知っていたことだ。ご覧なさい。この田んぼには世界中の種族の旗が掲げられているだろう。あれが何を意味するか分かるかな？」

「ここから世界へ稲作が広がっていったと聞いたことがあります。」

「その通りだ。人類の稲作の歴史はここから始まった。かつて人類が宇宙船を持っていた時代には、世界の種族がここに集い、それぞれの種族の旗を掲げ、盛大なお田植え祭が行われていた。あれから幾度となく天変地異によって世界の文明が崩壊しては再興するなかで、何度もここから稲作が世界へもたらされた。前回の氷河期を終え、メソポタミアに稲作を持って行ったのはここの民、スメル人だ。メソポタミアでシュメール人と呼ばれるようになった。稲作が持つ意味は人類にとって、とても大きい。それが分かるかな？」

「稲作が持つ意味……。」

「これからナラム皇子がここで過ごすなかで摑んでいくと良い。」

「はい。有難うございます。」

ナラムはそう答え、田んぼへと視線をやった。それから毎日、ナラムはカイリと田んぼを訪れた。時が流れ、小さかった稲は成長し穂が出始めた。穂を見つめながらカイリが愛おしそうに言った。

「見てくださいナラム皇子。お米の形になり始めています。」

そんなカイリの様子にナラムは微笑んだ。

それからしばらくナラムたちは稲作や国防訓練に参加した。

ある日、霊の元の王は、ナラムを不二山の南西の海岸に連れ出した。海岸から少し内陸に入ると、巨大な神殿が立っていた。王がナラムに言った。

「この神殿は高尾山の神殿と言い、駿河の湾から上陸した人は必ずここに手を合わせる。この神殿は真北を向いて建てられている。この直線状にあるのが我々がいる神殿だ。これも北極星信仰の証なのだよ。」

霊の元つ国の民が、北極星神を中心に生活している姿を、ナラムは至るところで見ては手を合わせていった。


やがて稲の収穫時期を迎えた。たくさんの穂をつけて黄金色に輝く稲穂を前にナラムがカイリに言った。

「明日は収穫祭だ。お田植え祭の時から田んぼに立たれて稲を守ってくださった田の神様が不二山にお帰りになられる日だ。感謝の想いで参列させていただこう。」

「はい！」

カイリは姿勢を正して返事をした。

翌日の収穫祭には、ナラムたちがこれまでに見たことがないほど多くの民が集まり、参列した。式典を終え、稲の収穫を終えたナラムに王が声をかけた。

「ナラム皇子、どうかね？　稲作の持つ意味が分かったかな？」

「神皇様。少しの間ですが稲作に携わらせていただいて、私なりに考えて参りました。」

「聞かせてもらえるかな。」

「この地の民は、毎日田んぼに通い、田の神に手を合わせていました。そして稲が心地よく育つよう、田んぼの環境を整えながら稲の成長を見守ってきました。

それに応えるかのように、稲はたくさんの穂をつけました。そして今日、これだけ広大な田んぼの収穫を、この地の民はご老人からお子様まで見事な結束力で終わらせました。自分の分に応じた役割をこなしていく民の姿は、強制労働にかられる下級の身分のようではなく、生き生きとしていました。

この民たちの姿から、田の神と自然界に心から感謝をしている想いが伝わってきました。神と自然界からの恩恵によって人は生きている。その中で人と人が和して生きている。稲作はその生き方を伝承していけるものなのかと考えました。」

「よく摑んだね。その通りだ。稲作とは、ただ食糧を得るためのものではないのだ。神事をとおして人類が神々の愛のなかで生かされていることを認識し、日々神々に感謝することで、地球の自然環境を整えることができる。そして、そのような自然界のなかで人は穏やかに育ち、人と人との和ができる。すなわち、神と自然界と人と人とが「和」することが出来るのが稲作というものなのだよ。人類が地球で豊かに暮らすために途切れてはならない伝統であり、神と人類との約束なのだ。」

「メソポタミアやアッカド帝国の民、奴隷になった人びとも、豊かな自然のなかで生き生きと人らしく生きてもらいたいです。」

「奴隷か。身分差別は世界各地で抱える問題だ。誰よりも神が悲しまれている。」

「私は人の価値は身分ではないと考えております。しかし……。」

「君と一緒にアッカド帝国から来た専門家や技術者は、この数ヶ月間でそれぞれの分野を学んできたね。残るは、その頂点に立つ君が、神の願いを知ることだ。」

「神の願い……ですか?」

「そうだ。メソポタミアの民に込められている神の願いを自分で摑むのだ。帰国するまで残りの時間、神に向き合うのだ。」

王はそういうと、ナラムを神殿の脇の森に連れて来た。

森に入ったナラムは直感した。自分が大好きなアッカドの聖なる森と同じ、いや、それよりはるかに高いエネルギーをこの森に感じた。

森に少し入ると、そこには膝丈ほどの石碑がひっそりと立っていた。石碑を前に王が言った。

「我々の祖先は、この地に強烈な神のエネルギーを持つ御神体を祀った。しかし、そのエネルギーが悪に使われることを恐れ、地下に御神体を隠したのだ。人類は争いを繰り返した。かつて太平洋にあった大きな大陸二つと、この霊の元つ国を合わせてムー大陸と言い、ムー大陸は大西洋にあったアトランティス大陸と大きな戦をした。大変な科学力で宇宙船を造り出し、宇宙をも巻き込む核戦争を起こした。地表は放射能によって覆われ、一部の人類は宇宙船で宇宙へ逃れ、一部はここから地下へ逃れた。地表に残った人類は、そこから身体が小さくなった。今の人類が地表に残った人類の子孫だ。身体だけでなく、能力も衰え、神のことも分からなくなってしまった。

しかし神の愛はあまりにも大きい。人類が神を忘れても神は待っている。人類が神の愛と願いに気づくことを。本家の民に課せられている神の願いがあるのだが、分家である君の国の民にも、なんらかの神の願いがあるはずだ。それを掴みたまえ。」

王はそう言うと石碑に手を当てた。すると目の前に赤紫色の球が現れた。球を石碑にかざすと地下に続く階段が開かれた。

「この球はハタマという。神の愛は光となって、この地下から強烈に放たれている。ここで神とつながるのだ。神の愛と願いを摑むのだ。」

王はナラムを地下へ案内した。ナラムはここでしばらく、神とつながる修行をすることになった。その間、カイリは兵法や武術、各分野の専門家や技術者はそれぞれの分野の技術を習得していった。

六章

小さな皇子《おうじ》の運命

【アッカド　サライ】

　ナラムたちが霊の元つ国に滞在中、アルトたちはたびたび遠征に出てはアッカド帝国の属国を増やしていた。アッカド軍が長い遠征を終え、国に戻ってきた。サライはチムルを出迎えようと待っていたが、久しぶりに見るチムルの姿に驚いた。

「チムル、そんなに痩せてどうしたの！」

　チムルは苦笑いしている。

「サライ皇女、ただいま戻りました。今回の戦ではたくさん血を見すぎまして。」

「血？」

「大丈夫です。それよりサライ皇女、お腹が大きくなりましたね。元気な御子を産んでくださいね。」

　チムルはそう言うと、そそくさとサライの元を去った。サライはチムルの後ろ姿を見ながら言った。

「血なんて、今までもさんざん見ているのに……。」

チムルのことが気になるサライはベルクを呼んで戦場でなにがあったのかを調べるよう指示した。少ししてベルクは兵士から聞き出した情報をもってサライの元を訪れた。

「アルト皇子はチムルの戦略をことごとく無視して、敵兵を皆殺しにしていったようです。」

「チムルの戦略を？」

「はい。ナラム皇子は霊の元つ国に旅立つ前、アルト皇子にアッカド軍を託すことに少し不安を持たれていました。アルト皇子が敵兵に情けをかけない軍人だからです。だからチムルをそばに置かれて、アルト皇子の行き過ぎる攻撃を防ごうとしたのですが……」

「アルト皇子はそれを無視したのね……」

「それから、もう一つ気になることを耳にしました。」

「なに？」

「チムルの野営テントからうめき声のようなものが聞こえてきたと。見張りの兵士が聞いていたようです。」

「うめき声？」


それからサライはチムルを観察した。笑ってはいるが、やせ細り、明らかに元気がない。サライが声をかけようとしてもチムルに避けられているようで、タイミングをつかめないでいた。サライはみんなが寝静まったころを見計らい、チムルの部屋を訪ねた。

「チムル？」

返事のないチムルの部屋の扉にサライは耳を当てた。かすかに聞こえるうめき声にサライは慌《あわ》てて扉を開けた。チムルはベッドの上で身体をくの字に折り曲げ、胸を押さえている。

「……うぅっ……」

「チムル！　どうしたの！」

うめき声をあげるだけで返事ができないチムルの様子に、サライは医師を呼びつけた。


チムルを診た医師は言った。

「心臓の病です。」

「心臓……」

「私たちの医術では痛みを和《やわ》らげることはできても根本的治療は難しい。」

医師はそう告げながらチムルの口に薬湯を含ませた。次第に痛みから解放されたチムルは眠りについた。


翌朝、サライがチムルの部屋を訪れるとチムルは机に向かって何やら作業をしていた。

「サライ皇女、昨夜はご心配をおかけして申し訳ありませんでした。お陰で楽に眠ることができました。」

「チムル。そんな身体になるまで黙っているなんて。安静にするように医師が言っていたわ。何をしているの？」

「此度の戦の記録をつけているのです。」

「記録？　それは書記官の仕事でしょ。」

「書記官はアッカド帝国に都合の良いようにしか記録をつけません。私はナラム皇子から起きた出来事そのままを記《しる》すように指示を受けています。」

「どの国の書記官もやることは同じね。無理をしないでね。」

「はい。有難うございます。サライ皇女。」


それからサライは、チムルの元を訪れては薬湯を飲ませていたが、時折胸に手を当てうずくまって痛みに耐えるチムルの姿に、サライはなにか術はないのかと考えた。そして、チムルの体調が良い日にこう言った。

「チムル。出かける準備をして。」

サライがチムルを連れ出した場所は、聖なる森だった。あの日、ここを訪れた後のナラムの回復が考えられないほど早かったことをサライは感じていた。

「チムル、目をつぶって深呼吸して。鼻から気のエネルギーをたくさん吸い込んで口から出すの。」

サライに言われた通り深呼吸するチムルの横で、サライも同じように深呼吸した。「赤ちゃんにもエネルギーが届きますように。」サライは心のなかでそう思っていた。

チムルは感じた。おへその下に入ってくるエネルギーを。お腹に力が入り、背筋が伸びて胸を張れるようになった。気力が沸きあがる。そんなチムルの様子にサライも確信した。ここに漂うエネルギーの高さを。二人は折を見てはこの森を訪れるようになった。


たびたびサライとチムルが出かける様子を見ていたセレナがベルクに問いかけ

た。

「最近二人で出かけることが多いけど、どこに行っているの？」

「森です。そこへ行くとチムル様が元気になって帰ってこられるんです。」

「そうなの……」

　ある日、サライとチムルが森へ向けて宮殿を出ると、セレナはある人物を呼び出して言った。

「今日がチャンスよ。ぬかりなくね。」

「はい。セレナ様。」

　そう返事をしたある人物は、身をひそめながらサライとチムルが人気の少ない細い路地に差し掛かったことを確認すると、馬のお尻に剣を突き刺して叫んだ。

「暴れ馬だ！」

　サライとチムルが声に気づいて振り向くと、興奮した馬が二人めがけて突進してくる。逃げる幅もない路地でチムルがとっさにサライをかばうも、馬は二人を蹴り飛ばして走り去っていった。

サライとチムルがなかなか帰らないことを心配したベルクが、倒れている二人を見つけた。二人はすぐに宮殿に運び込まれたが、チムルは重傷を負い、サライは生死の境をさまよった。

数日後、峠を越えて目を覚ましたサライに知らされたのは、子供の死だった。男の子だった我が子はすでに葬られ、サライは会うことすらできなかった。

サライより少し前に目を覚ましていたチムルにもそれが知らされた。起き上がれず、天井を見つめることしかできないチムルは自分を責め続けた。

ベルクはナラムに伝えようと必死に書簡をしたためたが、三世によってあらゆる伝達手段がさえぎられた。

サライは部屋に閉じこもった。身体が回復するのに反して、心の傷は深くなっていった。

時折、赤ちゃんの泣き声が聞こえてくる。幻聴ではない。セレナの赤ちゃんが泣いている。セレナは無事に出産を終えていた。赤ちゃんの泣き声が聞こえる度に、サライの心はどんどん閉じていった。

何週間も、何ヶ月もこもった。ベルクの励ましもサライの心に響かず、サライは部屋から出ようとしなかった。

チムルもまた、部屋から出られずにいた。サライ、チムル、ベルクが目の前に立ちはだかる壁を越えられずにそれぞれ孤独な時間が過ぎていった。

随分時が過ぎたある日、サライのそばにいた女官たちがなにやらコソコソと話をしている。

「チムル様のお身体、あまり長くもたないかも……」

「まもなくナラム皇子が戻られるというのに。せめてそれまで……」

そう聞こえた。サライはハッとして部屋から駆け出した。

「チムル！」

ベッドに横たわるチムルの意識は混濁していた。サライがチムルの肩を揺らすとゆっくりまぶたが開いた。サライに気づいたチムルの目にどんどん涙がこみ上げる。

「……サライ皇女……申し訳ありません……」

「チムル、ごめんなさい。あなたを一人にしてしまった……」

「……私のせいで……御子が……うぅっ……」

感情が高ぶるチムルだが、泣こうにも胸が苦しくて泣けない。

「……チムル……」

サライはチムルを森に連れて行きたいと考えたが、チムルには出かけるだけの力が残っていなかった。サライはただ寄り添うことしかできない。ただそばにいて静かな時間が流れていく。しかし、そんな静かな空間にある日、外から騒がしい声が聞こえてきた。

「皇子が歩いた！」

セレナの子を囲んで皆がはしゃいでいる。はしゃぎ声を耳にしたサライは手を握りしめてうつむいた。そして、

「チムル……ちょっとごめんね……」

と、チムルの部屋を出た。サライには、幼い皇子を囲みはしゃぐ声を聞いていることは堪えがたかった。チムルにもそれが分かった。サライが出た部屋のなかで、残されたチムルの目から涙が流れた。自分で涙を拭うことができないチムルの涙を女官が拭き上げた。拭いても拭いてもこぼれるチムルの涙に、女官も胸を痛めた。

【霊の元つ国　ナラム】

その頃ナラムたちは、アッカドに帰国する船の中にいた。霊の元つ国の王に案

内された地下にこもっていたナラムは、数ヶ月してから地上に出て来た。霊の元つ国を発つ際に王はナラムにこう言った。

「君はこの後、アッカド帝国の皇帝となってメソポタミアの民を導いていくのだ。君が作り上げる世を私は期待しているよ。そして再び、私のところに戻って来なさい。」

ナラムたちは長い旅を終え、間もなくアッカド帝国に到着しようとしていた。


帰国したナラムの前にベルクがひれ伏した。

「ナラム皇子、サライ皇女とチムルが……」

ナラムは震えるベルクの肩に手を添えて言った。

「ベルク、長い間留守を君に任せて悪かった。もう大丈夫だから。」

それだけ言うとナラムはサライの部屋へと入っていった。

サライは入り口に背を向けて座っていた。サライの後ろ姿を見るなりナラムは駆け寄った。そして後ろから力強く抱きしめた。

「サライ……」

「……」

「会いたかった……」

「……私……皇子の赤ちゃんを……」

「何も言わなくていい。」

「……」

「君が生きていてくれて良かった。」

ナラムはさらに強くサライを抱きしめた。

ナラムはしばらくサライを抱きしめた。サライが生きてここにいることを実感できるまで。サライもしばらくナラムに身を委ねた。しかし、サライはナラムの腕を振りほどいた。

「皇子……私……皇子の赤ちゃんを守ることができませんでした……」

ナラムは、サライの肩に手をやりサライの目を見ながら言った。

「私は知っていた。赤ちゃんのこと、そして事故のことを。ベルクが私に伝えようとした手段は父上の手で遮断されたようだ。でもアッカド帝国に滞在していた霊の元つ国の使者が霊の元つ国の通信ルートを使って密かに知らせてくれた。私はサライのお父様とお母様から知らせを聞いたのだ。赤ちゃんができたと聞いてとても嬉しかった。しかし、事故の知らせを受けた私はすぐに帰国しようとした。でも、ご両親は私を引き止めた。私が霊の元つ国に来た意味を全うすることがサライのためでもあるから残るようにと。サライには人の魂の法則を教えてあるから大丈夫だと。それからご両親は私に気遣い、寄り添ってくださった。それなのに私の父は……君を一人にしてすまなかった……」

　サライはナラムが小さく震えていることに気づいた。今度はサライがナラムを抱きしめた。

「私、自分のことばかり考えていました……ごめんなさい……」

「君に会えなくなることが怖かった。君が生きていてくれた。それだけでいい。」

二人は強く抱きしめ合った。離れていた時間を取り戻すかのように、お互いの温もりを噛みしめた。ナラムの香りに心が安らいだサライは、ゆっくりとナラムの身体を引き離して言った。

「皇子……チムルが……」

「ああ、チムルのところへ行こう……」

二人はチムルの部屋を訪れた。

「チムル。」

チムルは懐かしいナラムの声に驚き、目を開けた。

「チムル、私だ。戻ったよ。」

「……」

チムルの目にどんどん涙が溜まっていく。

「……ナラム皇子……申し訳ありません……」

かすれる声を絞り出す。

「チムル、辛かっただろう。もう大丈夫だ。私と共に霊の元つ国へ行った医師たちが、高い医術を習得して来た。君を治してくれるから。」

ナラムは微笑みながらそう言った。ナラムの言葉にサライは驚いて目を見開いた。そして泣きながらチムルの手をとった。

「チムル、よかったわね。」

チムルも驚いた表情をしてから微笑んだ。チムルの目からも涙が溢れでた。チムルは体調が安定しているときに手術が行われることになった。


その後、ナラムは三世に帰国の報告に訪れた。三世のとなりにはセレナが、そして三世の膝に男の子が座っていた。

「ナラム、よく戻った。ご覧なさい。そなたの子『ウマ』だ。サライとの子のことは残念であったが……。」

三世はそういうと男の子をナラムに引き渡した。初めて出会う我が子はナラムに抱かれニコニコしていた。ナラムの心は複雑だったが、腕に抱いた我が子を見ると素直にセレナに感謝の想いが湧いた。

「……ウマか。セレナ、有難う。」

セレナは満足げに笑った。しかし、ナラムはすぐにウマをセレナに託して言った。

「席を外してほしい。」

セレナは戸惑いながらウマを抱いて部屋を後にした。

三世と二人になったナラムが三世に厳しい視線を向ける。

「サライのことをなぜ私に知らせていただけなかったのでしょうか。」

「知っても状況は変わらない。そなたが苦しむだけだろう。私なりにそなたのことを思ってのことだ。」

「しかし、サライは一人で！」

「そなたが霊の元つ国へ行きたいと望んだのだ。私がサライを一人にしたわけではない。私はそなたの望みを十分に叶えてやったのだ。感謝しなさい。過ぎたことをいつまでも言わず、霊の元つ国へ行った成果を出すのだ。」

ナラムは何も言い返すことができなかった。肩を落として三世の部屋を出たナラムをサライが待っていた。

「皇子、お湯の準備が出来ています。」

サライは浴場でナラムの背中を洗い流した。長い旅路で凝り固まった身体をマッサージし、もみほぐした。

「皇子、私のことでお父様を責めないでください。」

「しかし……」

「私……赤ちゃんが生きている気がするんです。」

「え？」

「何度も夢を見ました。可愛らしい男の子がニコニコ笑って、私の手をギュッと握って離さないんです。小さな手に握られた感覚がこの手にずっと残っていて……」

サライは自分の右手を見つめた。

「できることなら肉身を持ったあの子に会いたかったけど、あの子の魂はずっと生き続けていて、私を励ましてくれていたんだと思うんです。ナラム皇子と同じ目をして、とても可愛くて……」

「私と同じ目……」

「はい。お父様とも同じ目です。お父様はナラム皇子を一番に愛されていて、心配されるお気持ちもとても強いのだと思います。だからお父様を責めないでください。」

「……サライ……有難う……」

浴場で温まった二人は、その後ベッドで眠りについた。

翌朝、サライが目を覚ますと、隣にいたはずのナラムがいない。起き上がり辺りを見渡して見ると、部屋の外に出ていたナラムが戻ってきた。

「サライ、おはよう。森へ行こう。」

ナラムはサライたちが事故にあった路地を避けて森へ向かった。

ナラムたちが出発後、セレナの女官がナラムの元を訪ねて来た。ナラムの不在を知った女官は、そのことをセレナに報告した。

「今日こそウマと遊んでいただきたかったのに。」

ウマを抱いたセレナは怒りがこみ上げた。

七章

本家から分家へ

森に到着したナラムとサライは湖のほとりで腰をおろした。

「サライ、これをどうぞ。」

「これは何ですか？」

サライは差し出された包みをあけた。

「これは……」

『おむすび』というのだよね？」

「はい。おむすびです。どうしておむすびがここに？」

「私が育てたお米で、私がむすんだのだ。」

「ナラム皇子が？　これを？」

「普段は調理場に入れてもらえないから、朝早く起きて、調理人が来る前に火を起こしたのだ。大変だったよ。むすび方はサライのお母様に習ってきた。「にぎる」のではなくて「むすぶ」のだと。さあ、食べてごらん。」

涙をこぼしておむすびを頬張るサライ。ナラムは頭を撫でながらサライの顔を覗き込む。

「おいしい？」

うんうんとうなずくサライ。久しぶりに食べる故郷の味に、サライの頭のなかに故郷の光景が一気によみがえる。

「サライの故郷にもあったね。この森とよく似た森が。連れて行っていただいたよ。君のお父様に。この森には聖霊や岩に宿る神がいる。だから高いエネルギーを持っているけれど、ここよりはるかにエネルギーが高い森だった。これを見て。」

ナラムはそう言うと、手のひらに乗せた赤紫色の玉を見せた。

「きれい。」

「ハタマというのだ。君のお父様から賜った。見ていて。」

ナラムはハタマからそっと手を離した。ハタマは宙に浮いている。

「すごい！　どうなっているのですか？」

「神のエネルギーだよ。分けられたのだ。本家の神のエネルギーを。私はこのハタマを使って神の願いを成就《じょうじゅ》させる。我々分家に課せられた神の願いを。」

ナラムの目が輝いていた。そんなナラムの姿にサライもにっこり笑いながら宙に浮かぶハタマを見つめて思った。

「お父様、お母様、有難うございます。私はナラム皇子と共に、ここで生きていきます。」


ナラムは宮殿に戻ると、おむすびを宮殿の人々に配り歩いた。セレナとウマの元へもおむすびを抱えてやってきた。

「ウマ、ご覧。これはおむすびというのだよ。」

ウマにおむすびを与えながら、ナラムはしばらくウマと時を共にした。怒り心頭だったセレナの心もやっと落ち着いた。


やがて、チムルの手術の日を向かえた。メソポタミアにおいて初めて行われる心臓の手術に宮殿内にも緊張が走る。ナラムとサライはチムルに付き添った。手術の翌日、チムルが目を覚ました。手術は成功した。

それから数週間たち、起き上がれるまで回復したチムルの元にナラムがいた。チムルはナラムが不在の間にしたためた書簡をナラムに差し出した。

「私はナラム皇子から託された役目を果たすことができませんでした。アルト皇子は村へ奇襲をかけては村人の首をさらし、目をつぶし、手足を切り刻んでいきました。ある村では男性は火あぶりにして殺し、生き残った者はすべて生き埋めにし、女性は目をつぶし、娼婦として連行しました。命令にたじろぐ兵士はその場で首をはねられました。また、ある村では猛獣と人を戦わせ殺し合いをさせました。多くの動物の血も流れました。あまりの残虐さに直面した多くの者は気が狂ってしまいました。アルト皇子を止めることができずに申し訳ありません。」

凄惨さを増していたアルトの戦い方に、ナラムは愕然とした。

「チムルに任せきりにして申し訳なかった……」

ナラムはしばらくうつむいていた。ふと顔をあげてこう言った。

「チムル、早く元気になってほしい。やるべきことがあるのだ。」

「やるべきことですか？」

「これを見てくれ。」

ナラムは書簡を渡した。チムルは書簡を受け取って目を通す。

「……これは……」

チムルは目を見開いた。

「ここに書かれている構想を実現させるのだ。」

ナラムはそう言うと、チムルが動き回れるようになるまで、複数ある書簡に目を通して構想への準備をしてもらいたいことを告げた。チムルは了承し、ベッドの上でナラムから受け取った書簡をひたすら読み続けた。読みながら数字に向かって計算を繰り返したり、空を眺めては天候を観察した。

そのあいだ、ナラムはナラムで構想実現までの準備を進めた。

しばらくすると、ナラムが帰国した際には遠征に出て留守だったアルトが戻ってきた。

「兄上、戻られたか。」

「アルト、久しぶりだな。遠征ご苦労だった。」

「今回も私たちが圧勝したぞ。チムルが病んで途中から参加できなかったが、私だけでも十分だった。そういえばチムルは大丈夫かな？」

「チムルは回復しているよ。アルト、ちょっとついてきてくれるか。」

ナラムはアルトをある場所へ連れ出した。


「アルト、これを見てくれ。」

「これは？」

「慰霊塔だ。」

「慰霊塔？」

「敵兵の慰霊塔だ。霊の元つ国では亡くなった敵兵の魂に対しても敬意を払っているのだ。魂が永遠に存在していることを知っているのだ。」

「私たちだって知っている。だから身体を切り刻んであの世で動けないようにしているんだから。」

「動けないようにするとしても、敬って供養することで敵の魂の怒りを鎮めているのだ。国の繁栄のために。」

「またそういう話か。兄上が霊の元つ国に行っている間に私は広大な地域を治めた。そして私にも子供ができた。もうすぐ生まれる。私は決めたんだ。その子のためにも父上のような立派な父親になると。もっともっとこの帝国を巨大にするのだと。今まで以上に強くならなければ。だから兄上もしっかりしてくれ。」

そう言ってアルトは立ち去って行った。話をまったく聞き入れようとしないアルトにナラムは肩を落とした。

「……」

それから時がたち、すっかり元気になったチムルをナラムはある場所へ案内した。

「チムル、さあ入って。」

チムルはナラムから案内された扉から中に入ると、中には階下へ続く階段が見える。ナラムから促されてチムルは階段を下りる。地下には広い空間が広がっていた。その空間の中で、チムルは奥の方で光る玉に気づくと、ゆっくり玉のところまで進んだ。

「こ、これは一体……」

目の前で、赤紫色に光輝く玉が祭壇のようにしつらえられたところで宙に浮いていた。チムルは目を真ん丸にして驚いた。ナラムが言った。

「分けられたのだ。本家からハタマのかけらを。ハタマは神そのもののエネルギー体であり、物質を動かす原動力となる。私たち分家はこのハタマのエネルギーを使って、物質を開発させるのだ。チムル、そなたの智恵が必要だ。」

「ハタマ……」


ナラムはチムルが回復するまでの間、この地下室の建設を進めていたのだった。

ナラムとチムルはこの日から地下室にこもる日々が続いた。


ナラムの姿が見えない三世はアルトにこう言った。

「ナラムは霊の元つ国より戻ってからあまり顔を出さないな。何をしているのだ。」

「戦を私に任せきりです。霊の元つ国に行ってから兄上は変わってしまわれました。」

「まったく。アルト、引き続き戦場は頼んだぞ。」

「はい。お任せください、父上。」

地下室にこもったナラムは覚醒したかのようなひらめきを生み出した。ある日、地下室にサライを呼んだ。ナラムが言った。

「サライ、これを見て。」

「これはなんですか？」

「これは時を刻む『時計』と言うのだ。なかに『歯車』というものが入っている。歯車が動き続けることで、針が時を刻んでいくのだ。六十刻むと一つ針が進む。六十秒で一分。六十分で一時間。一時間が二十四回で一日。地球は北極星を軸に二十四時間で一回りしている。霊の元つ国で学んだが、チムルにもこの地の星を観察してもらっていたのだ。」

「歯車……。勝手に針が動いているなんて、不思議です。」

「サライ皇女、こちらもご覧ください。」

チムルはそういうと奥からあるものを運んできた。

「チムル？　なにこれ？　どうなっているの？」

「この中にもナラム皇子が作られた歯車が入っているんです。」

「歯車？」

驚いているサライにナラムはクスッと笑いながらこう言った。

「さあ、これを奴隷の労働場所へ運ぶよ。」


ナラムとチムルは「あるもの」を奴隷の労働場所へ運び込むと、ナラムがこう言った。

「皆さん、今日から石を運ぶ時はこの荷車を使ってください！」

「あるもの」とは、荷車のことだった。奴隷たちは一斉にナラムの方に振り向く。奴隷を管理している役人らが、ナラムたちを制しようと近寄ってきたが、ナラム皇子だと分かった瞬間に引き下がる。ナラムの素性を知らない奴隷たちは、不審な顔でナラムとチムルを見つめている。

「皆さん、見ていてください。」

チムルはそう言いながら荷車に石をのせた。一つ、二つ……どんどん石を積んでいくチムルに、サライはこう思った。

「あんなに重たい石を持って、チムルの胸の傷口は大丈夫なの？」

奴隷たちは冷ややかな目でこう思った。

「そんなに積んだら車輪がつぶれるわ。」

しかし、サライや奴隷たちの思いをよそに、チムルは荷車一杯に石を積んだ。車輪は、既存の木製のものから鉄製へと替え強化されていた。霊の元つ国から製鉄の技術を伝授されたのだ。

そして、地下室のハタマの前で開発を続けていたチムルは、ある時ふと気づいた。傷口の回復があまりに早いことに。物質だけでなく、肉体に対してもハタマはエネルギーを与えてくれるものと感じていた。

石をのせ終えたチムルは、荷車の持ち手を軽く押して見せた。すると……

「荷車が勝手に進んでいるぞ！」

「なんだ、この奇妙なものは！」

歯車の力で勝手に進み続ける奇妙な荷車を前に、奴隷たちは驚き退いた。そんな奴隷たちにナラムはさらなることを披露した。ナラムは石切り場から運ばれてきた、とても人力では持ち上げることのできない巨石に荷車の先端を向けた。次にナラムはその巨石に手をかけた。次の瞬間……スッ。ナラムは巨石を軽々と持ち上げて荷車に積んだ。巨石を積んだ荷車はナラムが促した方向へと勝手に、スムーズに進んでいく。まるで手品のような光景を目にした奴隷たちは、驚きのあまり声も出ずに、あんぐりと大きな口を開けている。

ナラムは荷車にハタマのエネルギーを連結させていた。そのエネルギーによって、荷車に搭載した歯車が自動で回転し、荷車の車輪が前に進む仕組みだ。さらに、ナラムが巨石を持ち上げることができたのは、巨石の重力を遮断したためだ。荷車の下に二枚の円盤が上下に重ねて置かれ、一枚は左回転に、一枚は右回転に同時に回転する。その回転のエネルギーは物の重力を遮断することができるエネルギーだった。ハタマによる無限のエネルギーで、ナラムは大変な運搬技術を作り上げた。

シーンと静まり返った奴隷たちに向かってナラムはこう言った。

「皆さんにお願いがあるのです。私はこの国の田畑の水路を改善したいと考えています。大変な作業ではありますす。しかし、この荷車を使って石や土を運び、霊の元つ国のような、水が豊かに流れる水路を巡らせて、皆さんと稲作文化を繁栄させたいのです。」

ナラムが何を言っているのかよく理解できない奴隷たちであったが、希望に輝くナラムの姿と、目の前にある荷車を与えられたことに、奴隷たちにも希望の光が差した。

少し前、ナラムがチムルに言った「ここに書かれている構想を実現させるのだ。」とは、この工事のことだった。ベッドの上から出られないチムルに、ナラムは、霊の元つ国の治水《ちすい》工事と灌漑《かんがい》用水路の技術が記された書簡を託していた。

その後、動けるようになったチムルはメソポタミアに流れる大きな川と支流を調査し、数字を割り出して、工事の準備を進めていたのだった。荷車はチムルと数人の者だけが操作することができ、この大きな構想の指揮はチムルに託された。

ナラムは、奴隷の状態によって労働場所を分けた。分に応じた仕事を与えられ、水と食料と休憩を与えられた奴隷たちは次第に体力と気力が上がり、工事は荷車を使って効率よく進んだ。

霊の元つ国から受け継いだ様々な技術によって、ナラムはメソポタミアのあらゆる分野の発展を遂げさせていった。そんなナラムの姿が、サライには輝いて見えた。

八章　決断

治水工事が順調に進み始めたある日、三世がナラムを呼び出した。

「ナラム、最近どうだ？　そなたが奴隷に何やら与えていると聞いたが。」

「はい、父上。霊の元つ国の民のように、アッカド帝国の民も奴隷も生き生きと働ける環境をつくるため改善を試みています。霊の元つ国の民は身分の違いはあってもみんなが思いやり、それぞれの役割を果たしていました。そうやって作り上げられた社会は、細かいところにも手が行き届き美しく輝いていました。」

三世はため息をついた。

「奴隷は私に任せておけばよい。」

「しかしこれまでの状態ではあまりにも。」

「改善すればはじめは奴隷たちも感謝するだろう。しかしそれが当たり前になると奴隷は次第に不満を持ち、もっと改善しろとつけあがるようになる。力を持てば歯向かうようになる。だから力を与えないために、私があの環境を作っているのだ。それを変えてはならない。」

「しかし父上は私に、霊の元つ国に行った成果を出せとおっしゃいました。」

三世はさらに深いため息をつく。

「ナラム、そなたは何も分かっていない。霊の元つ国のように自然が豊かな場所であれば作物の成長を気長に待ち、たくさんの収穫を得て多くの民を養える。しかし、枯れた大地に生まれた民は種を植えたところで得られる作物はわずか。生きるために作物や土地を奪い合い、獲物を追いかけ回す。そうしなければ生きられない。ここに集まる奴隷がどんな場所で生まれ育ってきたか、そなたは知っているか？　対価に応えて働こうとする民なのか？　思いやる心をもった民なのか？　そなたは期待しているようだが、簡単にはいかない。」

「そのために治水工事を。水路を引いてもっと豊かになれば！」

「だめだ。労働環境を元に戻しなさい。」

「いいえ。私は元に戻しません。このまま工事を進めます！」

「そうか。では勝手にしなさい。その代わり私は私のやり方で進めるぞ。」

ナラムは強引に三世を押し切った。工事が完了したあとの水路と田畑を見れば、三世に理解してもらえると信じていた。

しばらくたったある日、アッカド帝国は大国からの宣戦布告を受けた。敵軍の規模の大きさから、ナラムも出陣することが決まった。霊の元つ国から帰国後の戦はアルトに託されていた為、久し振りに迎えるナラムの出陣の報にサライがドキッとした。

サライはナラムに言った。

「ナラム皇子、戦に行かれるのですね。」

「ああ。」

「……」

黙りこくるサライにナラムが言った。

「サライはどうする？」

「……私は……行きたくありません……」

「そうか……」

「……私が行けばナラム皇子の足手まといになってしまいます……」

「わかった。わかったよ。サライは待っていて。」

ナラムからそう言われたサライは心のなかでこう思っていた。

『ナラム皇子にも行ってほしくない。』

と。前回の戦で敵の槍に刺されたナラムを目の当たりにしたサライは、戦に対するトラウマを抱いていた。

ナラムはサライを残して出陣した。


ナラムの部隊は、夜営地において戦略会議を開いていた。ナラムがたてる戦略をジッと聞いていたアルトが言った。

「そんな戦い方に付き合っていられない。」

そう言い放ち、アルトは夜営テントを出て行った。

「アルト……」

ナラムとアルトの間に少しずつ生まれていた溝は、気づくととても大きな溝になっていた。

そんなナラムとアルトの溝を、アッカドに残ったサライも分かっていた。アルトがナラムに従わずに隊列を乱すことで、ナラムの身に再び危険が及ぶかもしれないことを思うと、サライは不安でたまらなかった。

迎えた戦では、アルトは完全にナラムを無視した。アルトのその様な動きも想定にしたナラムの戦略に、アッカド軍は大きな影響を受けることなく戦に勝利して、アッカドに帰還した。


戻ったナラムに、サライはこう言った。

「皇子……もう戦場に行かないでください……」

サライはポロポロ泣いている。

「……サライ……」

ナラムはサライを抱き寄せた。

「私だって行きたくはないのだよ。」

「それなら」

サライはしばらくごねていた。するとそこにチムルが慌てて駆け付けた。

「ナラム皇子！　奴隷たちが！」


奴隷の元にかけつけたナラムとサライが目にしたものは……

アルトが奴隷を斬りつけていた。アルトの兵士たちが奴隷を拷問していた。

完成途中の水路に奴隷たちの血が流れては染み込んでいく。

「アルト！　何をしている！　やめるのだ！」

「兄上、手を出すな！　父上の命令だ！」

アルトを阻止しようしたナラムに、アルトは勢いよく剣先を向けた。同時にアルトの剣にしたたる奴隷の血が跳ねた。

「ち、父上の……」

「この国は父上が作り上げた。だから私は父上の言うことに従う。父上に従わぬ兄上はどうかしている。敵国や労働者に情けばかりかけてこの国を亡ぼす気か⁉

そんなこと絶対に私がさせない！」

アルトはそう叫びながら足元で震えている奴隷の首を断った。そんなアルトの姿をサライも呆然と見ていた。ナラムはサライを連れて引き下がった。奴隷の悲鳴が聞こえなくなるところまで。サライの頬には飛び散った奴隷の血が付いていた。ナラムがそれを拭いながら静かに言った。

「サライ……私は……この決断をしていいものか……ずっと……ずっと考えてきた……」

「……？……」

「……決断を聞いたら君は……私を軽蔑するかな……私は……父上を……追放する……強欲な権力のために弱者が血を流していく……そんな父上にこれ以上いていただくわけにはいかない……」

「……」

「サライ……戦をしてきたサライなら分かるだろう。弱者が苦しんでいるのはここだけではないということを。世界には悲惨な民があまりに多くいる。」

「……」

「しかし、権力者が犯している罪は弱者を痛めつけるということだけではないのだ……」

「……？……」

「欲に駆られ、権力と富こそが力だと勘違いしたアジアの王たちの刃は、本家に向けられているのだ……」

「!?」

「アジアの王たちは、霊の元つ国を乗っ取ろうとしている。そのような王たちに、メソポタミアの国々の王もそそのかされ、それに続こうとしている。私はそれを止めなければならない。アッカドを守り、本家を守るために私は父上を追放する。そして戦に出る。」

「……」

「サライ……理解してほしい……」

サライは静かにうなずいた。

「戦についてきてほしい。サライは戦わなくていいから。ただそばにいてほしい。」

サライは小さくうなずいた。


ナラムは、三世追放の準備に入った。ナラムの母親、兄弟たち、三世の側室ら、王族ら、臣下ら……ナラムに近しい者からひっそりと話が進められた。

その間に巻き起こる戦には、サライも同行した。ナラムが霊の元つ国から帰って以来初めて見るナラムの戦の姿だ。恐る恐る、窺う。


朝日が昇った。その瞬間、ナラムの部隊から強烈な光が敵の軍隊に差し込んだ。光によって目がくらんで動けない敵軍を、ナラム部隊は一気に囲んで包囲した。敵軍の総大将が、降参するしかない形勢を一瞬で作り上げた。

サライはあっけにとられた。剣を交えずに戦を終えた。ナラム部隊は、西に陣を構えていた。強烈な光を放ったのは「鏡」だった。霊の元つ国で鏡を作る技術を学んだナラムたちは、巨大な鏡をいくつも作り、西に構えて東から昇った太陽の光を鏡に反射させていた。

日が昇るとナラム部隊から目つぶしの攻撃を受ける、そんな噂がメソポタミアに流れると、ある国は、夜に襲撃を仕掛けて来た。夜営地に勢いよく突撃しようとした瞬間、稲妻のような鋭い閃光がナラム部隊から飛んできた。目がくらむどころか、正体不明のその光に、敵兵は恐れ退いた。

ナラムは、地下室に祀られたハタマから受けるエネルギーと叡智によって、この稲妻のような光線を出す大砲のような物を作りだしていた。

地上で戦えば竜巻が巻き起こり、突風が敵軍の武器も戦車も吹き飛ばす。海で戦えば黒雲が湧き起こり、敵軍の船の上陸を防ぐ。

気象も的確によんでいった。まるで神がかったかのようなナラムの戦いをサライは目《ま》の当たりにした。

常に各国にスパイを送り、商人を動かし食料や物資の搬入を阻止した。敵国の戦力が落ちた頃、軍事パレードを行い圧倒的な戦力の違いを見せつけ、戦意を喪失させた。

昼夜を問わず敵陣を威嚇《いかく》し、緊張状態を維持させて降参させた。

両軍犠牲となる兵士は少なく、敵国の兵士はまるごとアッカドの兵士として戦力を増やし、農民は農民として迎え国力を増やし、奴隷の身分の民は労働者として迎え入れた。それぞれの信仰も許した。三世の圧政とは比べ物にならないナラムの処遇に、敵国の者たちも次第にナラムに心を許していった。

一方、アルトは戦を重ねる度にアルトに対して恨みを膨らませる国を増やしていった。

そうして迎えたある夜、ナラムはカイリを呼び出した。

「……カイリ。明日、私はアッカド帝国を大きく乱してしまうことになるだろう。乱れに乗じて攻め入ってくる国が出る。備えてほしい。」

カイリには、その言葉の意味が分かった。

「はい。ナラム皇子。」

翌朝、ナラムは三世の部屋を訪ねた。

「……父上……」

「ナラム、どうした?」

「……父上のような皇帝がいる以上……民は神から与えられた天命を果たすことができません……私は父上を……追放します……」

「なっ!」

三世が立ち上がろうとした瞬間、カイリが三世の首に剣を突き付けた。同時に三世の私兵をナラムの私兵が斬り倒した。そこに、三世の味方はいなくなった。

そのまま三世は連行された。

「この私に剣を突き付けるとは! 許さん!」

三世の叫び声がだんだん遠のいていく。斬られた私兵が横たわり、静まり返るその場所にナラムは膝から崩れ落ちる。

「……父上……申し訳ございません……。」

ナラムの涙が床を濡らした。

三世は砂漠地帯へ幽閉されることになった。

アッカド帝国内は大きく揺らいだ。ナラムを理解する者、非難する者と分かれ混乱が続いた。

「兄上!!」

アルトが叫びながらナラムの部屋に飛び込んできた。ナラムは言った。

「アルト。これからは私に従ってもらう。私がこの国の皇帝だ。」

きっぱりとそう言い切ったナラムに、アルトは背筋が凍る。これまでの優しい兄ではない。この国の皇帝となった兄は、鋭い目で弟を制した。

アルトと同じように、今のアッカドにナラムに意見を述べられる者はいなかった。

三世追放は、瞬く間にメソポタミアの国々に伝わった。三世の圧政に苦しんだ

国、アルトの横暴さに苦しんだ国、属国もそうでない国も、ジワジワと込みあがる想いは、

「今ならアッカドを倒せるかもしれない……」

だった。各国がどうでるのか様子を探り合っているなか、ある国が旗を揚げた。

「打倒アッカド」

旗を揚げたのは、エラムの王子ナディだった。ナラムが予測した通り、アッカドの混乱に乗じ、攻め入ろうと膨れ上がる連合軍が宣戦布告してきた。

出陣前、ナラムは宮殿に残す者を集めた。

「我々は過去にない大軍を迎え撃つ。有事に備えてほしい。チムル、セレナ、二人は幼い頃からここで育ち、地下通路がどこへ続くかも分かっているな。いざという時には、セレナは母上や女性たちを、チムルは労働者を連れてここを出るのだ。」

「はい。」

二人はそう返事をした。

「それからベルク、そなたはサライを頼んだ。」

「はい。」

ベルクがそう返事をするのと同時にサライが言った。

「ナラム皇帝！　私は戦に出ます。皇帝の戦を見てきました。もう大丈夫です。戦えます。」

「いや、サライは残るのだ。」

「嫌です。皇帝と共に参ります。」

「だめだと言っている！　サライは連れて行かない。残るのだ。」

初めて声を荒らげられたナラムだった。長年ナラムと過ごしてきたセレナも、こんなナラムの姿は見たことがなかった。ナラムの威圧感に、その場が凍り付いた。それ以上、誰も何も言えなかった。ナラムは出陣した。

九章

メソポタミアの民の天命

アッカド軍と連合軍は布陣し、にらみ合う。エラムの王子、ナディがナラムに向かって言った。

「ナラム皇帝！　久しぶりだな。誰もが疎《うと》んでいる三世を、皇太子自らが追い出すとは大したものだ！」

「ナディ王子！　アッカドとエラムは、和平協定を結んでいるはず。裏切るのか⁉」

「フフ。名ばかりの和平協定をな。三世は、生きること自体が過酷な我々砂漠の民から、協定を破りわずかな資源も取り上げた。どれほど強欲《ごうよく》なのか。」

ナラムは言葉に詰まった。ナディが続けて言った。

「三世が追放されたと聞いて、天が私に与えてくれたチャンスだと確信した。今こそ、アッカドを撃つ時だと。そう思っていたのは私だけではないようだ。私の軍には、あっという間に多くの国の軍も加わった。今回こそ、我々が勝利する。」

ナディはそう言って、陣につき号令を発した。

「連合軍！　行けーーーーー！」

ナラムも叫んだ。

「アッカド軍！　行けーーーーー！」

両軍の兵士たちの血が流れていく。ナラムも騎馬で連合軍の中枢に突き進む。

しかし、連合軍の様子に違和感を覚えた。ナラムの周りでは、兵士たちがのらりくらりと剣を交わし、まるで時間稼ぎをしているかのようだった。ナラムは辺りを見渡した。そして気づいた。この大軍の矛先は、アルトに向かっている。


三世の元で横暴な振る舞いを繰り返してきたアルトに恨みを持つ国があまりに多かった。ジワジワとアルトが包囲されている。

しかし、アルトの動きが鈍い。兄から鋭い目で制された弟はいつものような威勢のよさを失っていた。

「アルトーーー！」

ナラムの叫び声も届かない。包囲された兵士からの集中攻撃をかわすのに精一杯だった。アルトに強兵の剣が降りかかった。

とその時、包囲を蹴散らしてナラムが強兵を斬り倒した。

「兄上……」

「アルト！　しっかりするのだ！」

ナラムに守られたアルトはハッと我に返るとやっと威勢を取り戻した。しかし、包囲する兵士の数があまりに多い。斬っても斬っても目の前に兵士が現れ、体力が消耗していく。ナラムとアルトに絶体絶命な瞬間が迫ったその時、

「ワーーーーーッ」

突然突風が吹き荒れた。突風はナラムとアッカド軍の兵士を残して敵兵をなぎ倒していった。戦場に一時沈黙が流れた。そこにいる全員が呆然としたその時、ナラムの身体がスーッと浮いた。数メートル上まで浮いたナラムの身体は、スッと消えた。辺りはシーンと静まりかえった。

姿を消したナラムは宇宙船の中にいた。敵兵を突風で蹴散らしたのも、ナラムを吸い上げたのも、この宇宙船だった。肉身の目には見えない、しかしそこに存

在する宇宙船の中にナラムはいた。ナラムの脳裏に波動が届いてくる。

『……天命を果たせよ……』


「あ、あそこ！　あそこにナラム皇帝が！」

一人の兵士が丘を指さして叫んだ。そこにいる者が皆、丘のほうに目をやると、突如目の前から消えたナラムが丘の上に立っていた。

「か、神だ……。」

兵士がそうつぶやいた。するとほかの兵士たちも次々と声を上げた。

「ナラム皇帝は神だ！」

兵士たちの視線が集まる中、ナラムは丘から降りて来てナディとアルトの前に立った。目を見開き言葉に詰まるナディとアルトにナラムは言った。

「私は……戦うために父上を追放したわけではない……私は霊の元つ国で神と出

会った。」

ナディが答える。

「……神と？」

「宇宙と地球、そして私たち人類を創造された神の願いを知ったのだ。」

「……神の願い？」

ナラムは場所を移し、霊の元つ国での出来事をナディとアルトに語った。

霊の元つ国でのある夜、霊の元の王はナラムを部屋に呼んだ。王はナラムに人類の歴史を語っていた。

「人類の祖神は、大きく分けて二種類の人類の魂を創られた。一つは、自然界を愛し精神性を尊ぶ魂。もう一つは、物質開発に長けた魂。

精神性を尊ぶ魂は霊の元つ国を中心に、物質開発に長けた魂は各地に誕生させた。

霊の元つ国に誕生した民を『長男であり本家』とし、皇統一代神皇を世界神皇として祖神を奉らせた。そして世界の民を『次男であり分家』とした。
霊の元つ国から十六人の皇子が全世界十六方位へと派遣された。十六人の皇子は本家の掟、技術、文明を世界の民に授けながら、それぞれの地域を治めていた。特に物質開発に長けた民が多く誕生した地域では、科学技術がどんどん進み宇宙船や核を持つほどになった。しかし、その文明が子孫へと引き継がれていく内に、権力者は『物質中心』の考えが強くなり『心』を失っていった。物を得るためには人を傷つけてもいい、自然界を壊してもいい、そう考え、ついには核戦争を起こし地球の存続をも脅かすほどになってしまった。

行き過ぎた人類に祖神は悲しまれた。ブレーキが利かなくなったある民に、祖神は大きな決断をされた。『大陸を沈める』と。祖神は泣く泣く大陸のエネルギーを抜きとり、巨大な大陸は民と共に海の底に沈んだ。その大陸の名を『アトランティス大陸』という。

その頃の核戦争の傷が今でも地球に残っている。砂漠がそれだ。祖神が地球を創造されたときには砂漠など一つも創られていない。砂漠にあえぐ民はその地の祖先が核戦争をして自然界を破壊して砂漠化させた。祖先が招いた結果だ。争いが貧を招き、その貧が再び争いを招く。人類はこの地上に誕生してからずっと争い続けている。しかし祖神はずっと待たれてる。人類が自然と共に豊かな文明のなかで和して喜んで暮らすことを。」

ナディは呆然として聞いていた。ナラムは続けた。

「私は、なぜメソポタミアの祖先が高度な天文学を持っていたのか不思議だったのだ。ここから見えない星のことまで、どうして祖先は刻むことができたのだろうと、ずっと疑問だった。霊の元つ国の王のお話を聞いて分かった。祖先は宇宙船を使って宇宙へ行っていた。銀河系を知り尽くしていた。それを石に刻んで代々残してきたのだと分かったのだ。」

ナディは答えた。

「私の国にも祖先から伝わる石板がある。円盤のようなものが描かれている下に古代の文字が刻まれているのだ。読み解くと『過ちを繰り返してはならない』そう書かれていた。その過ちとは……」

「『砂漠を生み出すような争いを繰り返してはならない』だ。」

私は王からお話を聞いた後、山にこもり行《ぎょう》をした。そして祖神の願いを知った。今回この御世にメソポタミアの地に物質開発が得意な魂を多く誕生させた。その魂が自然界と人が共に生きられる物質文明を起こし、その文明がメソポタミアから全世界にひろがって、世界の民が豊かな物質文明を持つことだと。

これがメソポタミアの民の天命だ。民がその天命を果たすことができるように私は父親を追放した。それが民を導く分家としての務めだからだ。」

「メソポタミアの民の天命……」

ナラムの話を聞いたナディは剣を下ろした。エラムの王子として民を想いながら戦を繰り返してきた。しかしナディもまた、ナラムと同じように「戦う目的」

を見いだせずにいた。初めて知らされた「神の願いと天命」がナディの魂に響いた。ナディは連合軍を解体させた。

アルトの魂にも響いていた。「アッカドを守るため」という使命感に生きてきたアルトは、これまで三世が作り上げたアッカド軍と、それを率いるナラムの下で勝ち戦しか経験してこなかった。その勝利は自分の力によるものと勘違いし、横暴で冷酷な振る舞いを繰り返した。その結果招いた自分の危機にナラムが身を挺して助けてくれた。そして迎えた絶体絶命の瞬間に見せられた兄の神のような姿に、アルトは兄の愛と、分家の王となった兄の天命を知った。アルトは改心した。

戦は終わった。

しかし、ナラムの試練は続いた……。

連合軍との戦を終え、アッカドに戻ったナラムを待ち受けていたのは、ベッドに横たわり動かないサライの姿だった。

「な、なにがあったのだ。」

ベルクが答える。

「女官が一瞬、ウマ皇子から目を離したすきに階段から落ちそうになられて……サライ皇妃《おうひ》がウマ皇子を抱きかかえられ、そのまま下まで落下されました。」

元々軍人のサライにとっては、ウマを抱えて数段転がり落ちることは、それほどの衝撃ではなかった。ウマの無事を確認すると安心して立ち上がり、ウマを女官へひき渡した。

焦ったウマの女官は何度も何度もサライに頭を下げた。するとその女官が地面を指さしながら言った。

「サライ皇妃、血が！」

サライは出血していた。その血は、サライの足を伝って地面に流れている。

「え？」

次の瞬間、下腹部に激痛が走った。

「うぅっ……うっ……」

下腹部を抱えサライはその場に倒れた。


知らせを受けたセレナはサライの元に駆け付けていた。

ナラムの声が響く。

「子は無事なのか！　サライの命は！」

ベルクが答える。

「御子は……お守りできませんでした……」

下唇を噛みしめて頭を抱えるナラム。

「サライは!?」

「処置は施されましたが、お目覚めになられません。」

ナラムは床に崩れ落ちた。


ナラムが連合軍との戦に出陣する前、ベルクがナラムにこう伝えていた。

「恐らくサライ皇妃は妊娠されています。」

サライが一度妊娠した時にそばにいたベルクは、最近のサライの食欲や、さりげなくとる動きに、妊娠をしている可能性があると感じていた。確証もないベルクだが、万が一のために、サライが戦に出ることは避けられるようにナラムに報告していたのだった。ナラムがサライを戦場に連れて行かなかったのはこのためだった。


サライは、三世の追放と連合軍の宣戦布告、ナラムに伸し掛かる様々な困難のなかで、妊娠しているかもしれないことをナラムに告げられなかった。

出陣前、宮殿に残る者を呼び出したあの日、皆が解散した後にナラムはサライにこう言った。

「サライ……さっきはあのような言い方をしてすまなかった。妊娠しているかもしれないことをベルクから聞いたのだ。」

「ナラム皇帝……私は怖いのです。ナラム皇帝のおそばから離れることが……このような時に、自分のことばかりでごめんなさい……」

そう不安にかられていたサライに、ナラムは「大丈夫だよ」と告げて出陣した。

しかし今、サライの不安が、サライの予想とは違う形でナラムに突き付けられている。

「サライ、目を覚ましてくれ……君まで失ったら私は……お願いだ……目を開けてくれ……」

泣き崩れるナラムの耳に小さな声が聞こえた。

「……御子は……生きていらっしゃいます……」

ナラムは声がしたほうへ視線を向ける。セレナが震えている。

「セ、セレナ?……今……なんて?」

「……ナラム皇帝とサライ皇妃の御子は……生きていらっしゃるのです……」

セレナはそう言いながら床にぬかずいた。

「な、なにを言うのだ！　説明しろ！」

セレナから事情を聞き出したナラムは馬に乗って駆けだした。

十章

父と子

馬で走り続けたナラムはセレナが示した場所に着いた。周囲には他に家がなく孤立した小さな家を見つけた。目をこらしてみると外で四、五歳くらいの男の子が剣を振り回しているのが見えた。

「えい！　やあ！」

重たい剣に身体が少し振り回されてはいるものの、剣さばきは堂々としていた。馬を下りたナラムはゆっくりと男の子に歩み寄った。男の子は、見知らぬ男が自分のほうに向かってくることに危機を感じ、ナラムに剣先を向けた。しかし、自分を襲う気がないと察知すると、剣を下げた。

「ちょ、ちょっとおじさん？」

そう言う男の子をナラムが抱きしめた。

「私の子……」

ナラムは確信した。自分にもサライにもどことなく少しずつ似ているこの子は我が子だと。男の子はナラムの胸から逃れようともがくが、徐々に力が強くなるナラムの腕から逃れられない。しばらくしてナラムは男の子を放すと問いかけた。

「君の名前は？」

「知らない人に名前を言っちゃいけないって言われてる。先におじさんの名前を教えてくれないと。」

「そ、そうか。おじさんは、ナラムって言うんだ。」

「ナ、ナ、ナラム⁉　本当にナラム⁉」

「ああ、そうだよ。ナラムだ。私の名前を知っているの？」

「僕は待ってたんだ。お父様が迎えに来てくれることを！　ネオスが言ってたことは本当だった！　僕の名前はシャルです。」

　ナラムはあっけにとられていた。しかし、今は詳しく話を聞いているより、一刻も早くサライの元へシャルを連れていきたい。ナラムはそう思い、シャルを宮殿に連れて帰った。


　シャルはサライが自分の母親であることを知る。そして母親が怪我をして目覚めないことを知った。シャルはそっとサライの指を握る。

【サライの意識の中】

暗闇のなか遠くに光が見えた。だんだん近づいてくる。光のなかに男の子がいるのが見えた。その顔に見覚えがある。サライが以前の事故で子供を失い絶望の淵にいた時、夢の中でサライの指を握り励ましてくれた男の子だった。その子が再び、サライの指を握ってくれた。

【シャルに指を握られたサライ】

サライのまぶたがゆっくりと開いた。誰かに指を握られている感覚を感じたサライは指のほうへと目をやった。すると……夢のなかにいた男の子が指を握っている。サライは自分が夢から目覚めていないのかと苦笑いした。しかし、ナラムに自分の名前を呼ばれた。

「サライ！　気が付いたか⁉」

サライは初めて、我が子に会うことができた。

ナラムはセレナを呼びだした。

部屋に入るなり、セレナはナラムの前に額づいた。

「……申し訳ありません……」

セレナはブルブル震えながら声を絞り出して言った。

「セレナ……分かるように説明してくれ。なぜあの子が生きているのだ。なぜあの場所にいたのだ。」

問い詰めるナラムの声がだんだん大きくなる。

「……サライ皇妃とチムルの事故は……私が起こしました……」

「な、なんだって！」

ナラムは立ち上がって詰め寄った。

「申し訳ございません！」

セレナはぬかずいていた額をさらに下げ、地面にこすりつけた。
「……サライ皇妃がこの地に来られてから……
……私の居場所すべてが奪われたような気がして……
……ナラム皇帝のことも……
……臣下たちの心も、民の心も……
……努力しても、見えてくるのは自分の情けなさばかりで……
……悔しくて悔しくて……
……なんとしてもナラム皇帝の御子だけはサライ皇妃より先に産まなければと、
……ただそれしか考えていませんでした……
……私は、取り返しのつかないことを……
……申し訳ございません！」
セレナはぬかずいたまま、歯を食いしばりながら必死に胸の内を絞りだして懺悔した。
「しかし、あの子は生きていた……それで？　なぜあの子はあの場所にいたのだ？」

「あの日……あの事故を起こしたのが私だということが三世様に知られました……」

「ち、父上に？」

「三世様は私を呼び出し、激高され、その場で処罰を受けるはずでした。しかし、そこに女官が入ってきたのです。『御子が生きています』と。それを聞かれた三世様は態度が急変されました。私にも女官にも、御子が生きていることを伏せるように言いました。」

「な、なんだって⁉」

「……御子はご自分で育てるからと……

……三世様はナラム皇帝が敵国や奴隷にかける情けを心配されていました。優しいナラム皇帝に、いずれこの帝国の皇帝となる子を任せられないと……」

「……そ、そんな……」

全身の力が抜け落ちたナラムは、膝から崩れた。

「……黙っていて……申し訳ありませんでした……

……サライ皇妃から御子を奪い……引き離してしまった……

……それなのに……サライ皇妃はウマを守ってくださった……

……そしてまたご自身の御子を……

……申し訳ありません！　申し訳ありません！」

「……」

セレナは何度も謝り続けた。ナラムは何も考えることができずに、ただ呆然と目の前でぬかずくセレナを見つめていた。

セレナはぬかずいていた身体をカイリに起こされ、自室へと連れていかれた。

部屋に一人になったナラムは、ただ呆然としていた。

「サライ……シャル……私は君たちに……なんと詫びたらいい？」


その頃、サライとシャルは二人きりの時間を過ごしていた。サライのベッドのふちで、シャルがニコニコ笑いながら言った。

「お母様にこんなに早く会えるなんて、僕、嬉しいな。」

シャルの言葉に驚きを隠せないサライ。

「……お、お父様とお母様のことを……知っていたの？」

「うん。おじい様が教えてくれた。お父様とお母様は国を守るために戦っているから今は会えないって。お母様は戦いで怪我をしてしまったの？」

「……え？……う、うん。そうなの。」

「悔しい！　僕がもっと早く強くなっていればお母様を守れたのに。おじい様は、僕が強くなればお父様とお母様と一緒に戦えるから、早く強くなれって言ったの。敵はずるくて悪くて強いやつだから、早く強くならないとお父様とお母様がやられてしまうって。」

「……お、おじい様って……白いおひげの……背の高いおじい様？」

サライは戸惑いながらも、三世の特徴を言った。

「うん、そう。僕には兄弟もたくさんいて、みんなバラバラに特訓しているから負けるなよって。兄弟で力を合わせて国を守れって。そのためにネオスから剣を習っていたの。これからは僕がお母様を守るよ。」

「……シャル……ここへ来て。」

サライはシャルを抱き寄せた。

「お母様？　泣いているの？」

「嬉しくて泣いているの。あなたに会えて嬉しくて。こんなに大きく立派に育って。一人で頑張ったね。」

「一人じゃないよ。ネオスがいつも一緒にいてくれたし、おじい様も来てくれたよ。」

「そう……それは良かった……。」

サライは気づいた。シャルの腕にはめられている腕輪に。その腕輪はナラムと同じ腕輪であり、三世がナラムに与えた腕輪だった。三世は同じものをシャルに与えていた。

「……三世様……」

サライは涙が止まらなかった。サライの腕のなかで、シャルは心地よく抱かれていた。

そこに、セレナとの話を終えたナラムが沈痛な面持ちで入って来た。

サライはシャルの腕にはめられた腕輪を見るようナラムに促した。腕輪に気づいたナラムは目を丸くした。顔をくしゃくしゃにしながら、声を押し殺して泣くナラムに、サライは手招きした。

ナラムはシャルを抱きしめるサライの上から、二人を抱きしめた。

セレナが犯した罪は極刑に値したが、セレナの側室の座はく奪、ウマの皇子の座はく奪で済まされた。側室の宮殿からドホール家の宮殿へと移るセレナは、どうしても立ち寄りたいところがあると嘆願した。それはチムルの元だった。

「チムル……あの事故にあなたを巻き込んでごめんなさい。サライ皇妃の御子のことであなたに大変な罪の意識を背負わせてしまった。あの時の私は苦しくて何も考えられなかった。ごめんなさい。」

「私を看ていてくれた女官から聞きました。セレナ様が何度も私のところへ足を運んでくださっていたことを。私は昔から、セレナ様のナラム皇帝に対する深い愛と、サライ皇妃がこの地にお越しになられてからの苦しみを見てまいりました。しかし、どれほど苦しくともセレナ様が犯した罪は決して許されるものではありません。ただ、今ここでナラム皇帝とサライ皇妃がシャル皇子とお会いになれたことがせめてもの救いです。よく打ち明けてくださった。私もこれで少し楽になれます。」


チムルに謝罪をしたセレナはウマと共に、ドホール家の宮殿へと移った。宮殿では激高した父親、ドホールが待ち構えていた。

「セレナ！　なぜこうなった。使いからの話では納得できぬ。説明しなさい。」

「お父様、申し訳ありません。サライ皇妃の御子のお命を狙ったことを三世様に知られ……しかし御子が生きていたことで極刑を免れ、御子の存在と私の罪を隠されました。しかし、三世様が追放されたことで、御子の存在を知る女官が秘めおくことに耐えられずナラム皇帝に白状しました。私は必死で詫びて命だけは助けていただいて戻ったのです……申し訳ございません」

セレナは震えながらこう話した。幼い頃から権力や名誉に執着する父親の期待を受けて育ったセレナは、罪を白状したのは自分だということを言えなかった。

ドホールは呆れてその場を立ち去った。

サライが回復するとナラムとサライはシャルを聖なる森へ連れて行った。三人は湖のほとりで腰を下ろし、昼食をとることにした。

「シャル、これはおむすびと言って、お母様の故郷の食べ物よ。」

サライはそう言いながらおむすびを差し出す。シャルは初めて見るおむすびを頬張った。

「お母様、美味しいです！」

ナラムは二人のやりとりを満面の笑みで見つめていた。そしてこう言った。

「シャル、人も動物も植物も、生き物すべて神が創造され、神の愛が降り注いでいる。しかし、生き物のなかで特別に人だけに神が使うことを許したものがある。それは、火だ。火を使うことで人は他の生き物とは比べ物にならない進化を遂げた。このおむすびもそうだ。大地から得たお米が火と水のエネルギーで完成し、それをいただいて生きている。ゆえに人は神への感謝の証として火を灯すのだ。火は天に向かって燃える。天とは北極星だ。そこに人を創られた祖神がいらっしゃる。その祖神に向けて、人は火を灯し続けてきたのだ。シャル、そなたもこの生き方を守っていくのだよ。」

「はい。お父様。」


こうしてナラムは、シャルに生き方を伝えていった。シャルを育てていくのと同時に、ナラムは国や身分など一切関係なしに優秀な人材を集めた。側室も増え、たくさん誕生した皇子らも育て、強力な力を持った。

チムルに託した治水工事は数年間かけて進められ、張り巡らされた水路によって、田畑から得られる作物の収量が格段に上がり、アッカドの国力は強大となった。

ナラムはアッカド帝国史上、最大の大帝国を作り上げた。各地でナラムが神格化された存在となり、それを表す絵が石に刻まれていった。


月日が流れたある日、霊の元つ国からの使者が訪れた。使者の書簡にはナラムとサライに霊の元つ国に戻るようにという命が記されていた。ナラムはシャルに帝位を譲ると、メソポタミアの民とアッカドの民に与えられた神からの天命を告げた。そして、その天命を果たすことができるように、チムルをシャルのそばに残し、ナラムとサライはカイリ、ベルクをはじめ重臣らと共に霊の元つ国へ発《た》った。

十一章

メソポタミアからの手紙

【現代　真人の部屋】

真人は太平から受け取った石を握ったまま、いつの間にか眠ってしまい長い夢を見ていたのだった。目を覚ますとカーテンの向こうから朝日がもれていた。真人はしばらく天井を見つめ、少ししてから自分が眠ってしまったことを認識した。

「今のは……夢？　僕……またすごい夢を見た……」

ボーッしながら重たい身体を起こすと太平からもらった石が転がった。

「この石……何なんだ？」


長い夢を見ている間に過ぎた現代の時間は一晩だった。そのことに真人は安堵して、令の家を訪れ兄弟に夢のことを伝えた。宙斗は興奮している。

「真人の夢すごーい！　僕も見てみたい！　この石を抱っこして寝たら僕も見られるかな!?」

令も興奮しながらこう言った。

「真人があの石碑の前で聞いていた声と、太平君が言ってるアガットフォーが、アッカド四世のことなの？　そんな人がいたのかな？　調べてみる？」

そう言って、自分のスマホで検索し始めた。

「ねえ、真人！　メソポタミアを初めて統一したのがアッカド一世だって書いてあるよ！　それで、アッカドの全盛期が四世で名前はナラム・シンだって!!」

真人がしゃべろうとするのをさえぎって宙斗が言った。

「嘘!?　本当にいた人なの!?　真人、今日の夜はこの石を僕に貸してね。」

床に置かれていた石を抱き上げた宙斗は、ふと気づいた。

「ねえ、この石、なんか聞こえるよ！」

「宙斗、ふざけるんじゃないよ。真人の真似なんかして。」

令は宙斗を相手にせず、真人とアッカドの歴史を食い入るように見ていた。宙斗は頬を膨らませながら石をふった。

「ふざけてないのに。カタカタ音がする。中に何か入ってるみたい。」

そうつぶやきながら石に耳を傾けたその時、宙斗のスマホが鳴った。

「あ、太平君のお母さんからだ。はい、宙斗です。え？　太平君今日来られないんですか？」

電話を切った宙斗の話はこうだった。

「太平君、昨日の夜興奮して眠れなくて大変だったんだって。お母さんも疲れてるから休ませるって。」

太平に会えないことが分かると真人はがっかりした。

「そっか。それなら仕方がないね。」


その夜、石は宙斗に抱きしめられて一夜を過ごした。翌朝目が覚めた宙斗が言った。

「なんの夢も見なかった。ただカタカタ聞こえるだけ。ちぇっ。」


それから数日間、真人は令とシュメールメソポタミア文明の歴史を調べた。これまで特に歴史に興味がなかった真人は、世界史にも考古学にも疎かった。そんな真人が見ていた長い夢と、書物やネットに記されている歴史が調べるほど合致していくことに二人は息をのんだ。

ただし合致しない部分も多かった。令が言った。

「ナラムが来た場所は不二山の麓の石碑って言っていたし、霊の元つ国は日本のことだよね？　明かされていないだけで本当は当時の人々が日本と交流していたんだとしたらすごいね！　しかもあの石碑のところでナラムが修行していたなんて。やっぱりあの石碑はただの石碑じゃないんだよ、きっと。」


ますます石碑に興味を持った真人と令はまた石碑を訪れた。二人が石碑と太平が掘り出した石を代わる代わる見つめていると、宙斗の声が聞こえてきた。

「太平君待って！」

宙斗に連れられて石碑のところへやってきた太平は一目散に真人めがけて走っ

てきた。息を切らして真人の前に立ちはだかった太平は、真人が持っていた石を奪いとった。そして思いっきり地面に叩き付けた。

「太平君！　どうしたの？　落ち着いて！」

真人と令で止めようとするが、太平は必死になって何度も石を地面に叩きつける。すると、何度目かで地面に転がっていた石に当たり、カツンという音を立てた。太平は石を拾い上げ真人に差し出した。

「あっ、亀裂が入ってる。もしかして、これ。」

真人はあることに気づいた。亀裂から石を裂いてみると、中にもう一つ石が入っていた。石だと思っていた塊は粘土だった。亀裂が入った外側の粘土は、現代でいう『封筒』の役割をして、中の粘土板を包んでいた。真人は外側の粘土を全てはがし取り、中の粘土を手にした。そこには文字がびっしり刻まれていた。読めない文字を真人は指でなぞった。すると真人の脳裏に、聞き覚えのある声が聞こえてきた。

「この声は……」

「アガットフォー……アッカド四世……ナラム上皇……チムルです……どうか、アッカドに戻られてください……この書簡がナラム上皇のお手元に届くことを願っています……」

この声のあと、真人の脳裏に再びアッカドの光景が蘇《よみがえ》ってきた。

【アッカド　シャル】

そこには成長したシャルの姿があった。妃を数人もうけて皇帝としての務めをシャルなりに果たそうとしていた。

しかし、アッカド帝国で行われる会議では、まだ若い皇帝であるシャルを、いくつかある王族の王たちが補佐していた。王たちの意見が交わされていく。

「まもなくアッカド帝国ではお田植え祭が行われますが、今年の神事について神官に相談したところ、このようなことを申しておりました。今年は北極星神の気が弱いため、お田植え祭の後から収穫までの数ヶ月間、北極星神に火を灯す神事を、シャル皇帝が神殿の中で毎夜おこなうべきだと。民には北極星神ではなく他の神々への祈りを捧げさせるべきだと。」

「しかし、これまで北極星神に火を灯してきた民が、それを納得しますかね？」

「気が弱い星には、皇帝の強い祈りがいるのです。シャル皇帝が北極星神に強い祈りを捧げることに専念される分、民は他の神々への祈りを捧げるべきなのです。」

「それでは仕方ありませんな。」

シャルは王たちのやりとりをうなずきながら聞いていた。しかし、脇にいたチムルは今にも口から出てしまいそうな声を必死で抑えていた。


会議を終え、部屋に戻るシャルにチムルがこう言った。

「シャル皇帝、北極星神への祈りを民にさせないなど今まで聞いたことがありません。神官に確認すべきです。」

「チムル、それが、神官に確認しても意味がないのだ。」

「ど、どういう意味です？」

「北極星神の気が弱くなってしまったのは、北極星神の神殿に仕えるある神官が男女の過ちを犯してしまい神に背かれたためなのだ。そのため、神官に代わって皇帝の祈りがいる。アッカドの権威を守るため神官は静かに退かせ、その事実を宮殿内にも知らせないということに決めたのだ。」

「そのような大事なこと、誰とお決めになったのですか？　神殿の神官が男女の過ちを犯したなど、そのような話は聞いてないです。」

「ドホールだよ。」

「ド、ドホール王……」

嫌な予感がしたチムルは神殿に出向いた。ナラムがいた時代からずっと神殿に仕えていたスレイマンを探したが姿がない。他の神官に尋ねるが「知らない」と言って、よそよそしく去って行ってしまう。

「スレイマン神官が過ちを？　そのようなことあり得ない。」

チムルはそう思ったが、スレイマンなき神殿の神官たちはドホールにすでに取り込まれていた。


しばらくするとお田植え祭が行われた。そして宮殿から民に御触れが出された。

『収穫祭までの間、北極星神に火を灯すことを禁止する。太陽神、月神、金星神へ祈りを捧げるように。』

民は口々にこう言った。

「北極星神に火を灯せないことに抵抗はあるが、他の神に祈りを捧げることがシャル皇帝のお力になれることならば従おう。」

「期間も限定されていることだし、そうしよう。」

民との約束通りシャルは収穫祭まで毎夜、神殿で祈りを捧げた。そして迎えた収穫祭には、たわわに実った稲穂を前に、シャルも民も安堵した面持ちで参列した。収穫祭を終えるとドホールはシャルにこう言った。

「天災に見舞われることなく、無事に収穫を得ることができました。シャル皇帝の熱心な祈りが北極星神に届いたからでありましょう。民も大喜びしておりました。」

「本当か。それは良かった。私もとても嬉しく思う。ところでドホール、一つ相談がある。今日、ある労働者からこの様な話があった。遠方で暮らす食べ盛りな子供のことが気がかりで米の配給を増量することはできないかと。」

「労働者が？　そんな要求をのんではなりません。収拾がつかなくなりますよ。しかし今の労働者はシャル皇帝に期待しています。だから、今はいったん要求をのみましょう。ただし、やっておくべきことがあります。将来、労働者が言いたい放題要求することを防ぐために、神を変えるのです。北極星神を信仰する者は強い力を持ちます。その力は諸刃の剣にもなりえます。アッカド帝国の未来永劫《えいごう》の安泰のために力を持つべきお方は、シャル皇帝お一人なのです。民には米の配給を増量し、太陽神を信仰させせましょう。」

「た、太陽神を？　神を変えることなどできない。」

「そうですか？　民の中には神のことより、今食べる米のほうが重要と考える者も多いと思いますが。生き死にに関わりますからね。」

「そ、そうだとしても……」

「簡単に決められることではありません。すこしお考えになってください。」


シャルはドホールの話をチムルに伝えた。チムルが言った。

「皇帝に直訴する労働者がいるなどあってはならないことです。」

「チムル、問題はそこではない。労働者も無礼は承知で私に申してきたのだ。」

「いいえ。今後そのようなことがあっても聞き入れてはなりません。」

「しかし、父上も労働者に寄り添われていたのだろう？」

「確かにそうでした。しかし、労働者が直に皇帝に要求してくるほど、お立場を軽んじられてはいませんでした。寄り添うことと仲良くなることとは別ものなのです。」

「私が労働者から軽んじられているということか？」

「そうならないようにという意味です。」

「そうか。だからドホールは民には太陽神を信仰させることを提案してきたのだな。民や労働者が王を軽んじるくらい力を持つことを防ぐために。」

「それはまた別の話です。民から北極星神を奪ってはなりません。北極星神は天地創造主であり、田の神であり、農耕の神であり、道の祖神なのです。そのような神を民から奪うなどなりません。」

「それはそうだな。やはり神を変えてはならないな。」

「当たり前です。そのような提案をするドホール王の信仰心を疑うべきです。」

シャルを説得したチムルはドホールへの疑念を抱いた。そして労働者の元へ向かった。すると物陰から労働者の声が聞こえてくる。

「ドホール様、ドホール様のおっしゃったことは本当でした。シャル皇帝におそるおそる配給の増量を口にしてみましたが、検討してくださるとおっしゃっていました。」

「私が言った通りであっただろう。シャル皇帝はとてもとても優しいお方だ。これだけの収穫があるのだ。少し分けてほしいと言えば考えてくださる。普通そなたたちのような身分の者があのようなことを口にしたら、即罰せられる。しかし、シャル皇帝は器が違うのだ。」

「はい。ドホール様、有難うございます。」

チムルは息をのんだ。

「ドホール王の手はどこまで回っているのだ……」


ほどなくしてアッカド帝国内にある噂が流れた。


「北極星神の神殿の神官が男女の過ちを犯したそうだ！」

「なんと不浄な！」

「大切な神殿を穢すなんて、シャル皇帝は神官の管理もできないのか！」

「穢《けが》れた神殿など焼き払え！」

噂を流したのはドホールだがドホールは事態に戸惑うシャルにこう言った。

「北極星神の神殿の巫女《みこ》が噂を流しました。私は必死に隠そうとしたのですが、力及ばず申し訳ございません。」

「巫女が……」

「はい。巫女はすぐ刑に処しました。しかし、噂をどのように収拾すべきか……」

そこへドホールの使者が駆け付けた。使者は霊の元つ国から届いたという書簡を持っていた。書簡はシャルに手渡された。書簡にはこう書かれていた。

『渡来人からの霊の元つ国の攻防戦の折、敵の矢を受けたナラム上皇が亡くなられた。ナラム上皇は息を引き取られる前、シャル皇帝にご遺言を残された。

ご遺言「穢れた北極星神の神殿を建て直すのだ。」』

呆然とするシャルの横でチムルが言った。

「ま、まさか……その書簡をお見せください。」

チムルがシャルから書簡を受け取ろうとした瞬間、ドホールが勢いよく書簡を奪い取った。

「このような書簡、嘘だ！　ナラム上皇がお亡くなりになるなど信じられるか！」

ドホールはそう叫びながら書簡を地面に投げつけて砕いた。チムルが慌てて書簡のかけらを拾い集める。その横でシャルがつぶやいた。

「父上は……神殿が穢れたことをご存じだった……私は父上の期待を裏切ってしまった。北極星神の神殿を穢したせいで、父上に天罰がくだってしまったのだ。私のせいだ！　私が父上を死なせてしまった！」

シャルは取り乱した。すかさずドホールが言った。

「シャル皇帝、天罰ではありませぬ。ナラム上皇は身を挺して本家を守られたのです。我らアッカドにとってそのことがどれほど誇らしいことでしょう。人の肉身は滅んでも魂は永遠です。ナラム上皇はまとわれていたお身体からお離れになって、これまでよりもずっとおそばでシャル皇帝のことを導いてくださるのですよ。」

「……今までよりも近くに父上がいてくださるのか？」

「そうです。さあ立ち上がられてください。穢れた神殿を焼き払いましょう。そして建て直すのです！」

シャルは困惑したまま立ち上がった。チムルは砕かれた書簡を握りしめながらドホールをにらみつけた。ドホールは不気味な微笑みを返した。


たまりかねたチムルはドホールを訪ねた。

「ドホール王！　何を企んでいるのですか？」

「わざわざ聞きに来ずとも分かるだろう。私は王座が欲しい。」

「偽の書簡でナラム上皇が死んだと偽るなど！　そればかりか、神官の過ちをでっちあげた上、神殿を焼き払えとは！　王座争いはあっても、ドホール家にとっても北極星神は絶対なはず！」

「チムル、そなたは勘違いしている。私にとっては北極星も太陽も関係ない。」

「え？」

「アッカド帝国も民も北極星神を心のよりどころにしているが、私にとって心のよりどころは権力だ。私は新たに太陽神を中心としたドホール家の世を創る。まっすぐで人を疑うことを知らない、王族の怖さを知らぬシャルは操りやすい。頭の良いそなたがいつ私の企みに気づくか警戒していたが、もう手遅れだ。

三世の圧政に苦しんだこの宮殿の者たちの大半はすぐに私になびいたぞ。これからが本番だ。」

権力欲しさのために神を利用しようとするドホールにチムルは背筋が凍った。ドホールを止められないチムルは自分の力のなさを嘆きながら、アッカドの正史と北極星神を書簡に記していった。そしてそれらを改ざんしていくドホールの悪事もしたためながらこうつぶやいた。

「アルト大将軍。早くお戻りを。」

その頃、アルトは東のグティにいた。アルトはグティと和平条約を結ぶためエラムのナディと共にグティの王の元を訪れていたのだ。しかし、交渉が難航していた。ナディが言った。

「アルト大将軍。何かおかしいです。グティにとってこれだけ好条件を提示しているにもかかわらず、グティが交渉に応じようとしないとは。」

「ナディ王子。私もそう感じる。我々がここに来てもうだいぶ経つ。」

「何か嫌な予感がします。アルト大将軍、ここは私に任せてアッカドへお戻りください。」

するとそこへグティの王が現れた。

「これはこれは、アルト大将軍。お帰りになられたいと？　我々がこれほど歓待していますのにお寂しいことを。」

「私は所用があるのだ。ここで条約が結べないのであればナディ王子に託して私はアッカドへ戻る。」

「そうですか。しかし、アッカドにアルト大将軍の帰る場所はないかと存じますよ。」

「は？　なんだと？」

「今頃アッカド帝国の王座にはドホール家のウマ様がお座りになられているかと。」

「まさか！」

アルトとナディは慌ててグティを後にし、アッカドへ向かった。アルトとナディがグティへ出かけ、交渉を長引かせてアッカドに戻らないように仕向けたのはドホールだった。


アッカドではシャルが国内に命令を下していた。

「穢れた神殿を焼き払え。」

チムルがドホールの陰謀だと叫んでも、民の噂に心乱れたシャルを止めることができない。

命令に賛成する者と反対する者との衝突が起きた。衝突は次第に膨れ上がり、神殿の前に多くの者の血が流れながら、遂に神殿が破壊された。ドホールは破壊されつくした神殿跡を見ながら微笑んで言った。

「アッカドの象徴である神殿を消し去ればあとは早い。さて次は、誰から始めよう。」

十二章

内部崩壊

神殿崩壊後は、賛成派と反対派の衝突が激化した。収束がつかず、帝国内を治めることができないシャルの元に、側近が慌てて入って来た。

「シャル皇帝！　チムル様が！」

シャルがチムルの部屋に駆け付けると、チムルが両手から血を流してベッドに横たわっていた。

「チムル！　何があった？」

「……ド、ドホール王が……」

前の日の深夜、チムルの元にドホールが私兵を引き連れ訪れていた。私兵はベッドで眠るチムルに襲い掛かった。目覚めたチムルの口を布で押さえ、声を出すことを防ぐと、私兵はチムルの両手をベッドに押さえつけた。次の瞬間、両手の甲に槍を刺しベッドに貫通させた。

「ウウッ……」

チムルをベッドにはりつけ状態にした私兵は、部屋をあさりだした。

「ドホール様、見つけました！」

私兵が床板をめくると、ドホールの悪事を記した書簡が敷き詰められていた。

「やはり。こんな記録をつけておった。余計なことをして。」

そう言いながらドホールがチムルの口に当てられた布をはぐ。

「ド、ドホール王……どんなことがあっても……北極星神は後世の民に残します……」

「ワッハッハ。この手ではもう何も刻むことはできぬだろう。」

ドホールは刺さった槍を左右に揺さぶる。ドクドクとチムルの血が流れだす。

「ウウッッ。」

「どうあがこうがもう終わりだ。神殿はすでにない。民の心から次第に北極星神もアッカドも消える。あの上に私が太陽神殿を建立するのだからな。ワッハッハ。

皆の者、書簡を一枚残らず処分するのだ。」

ドホールはチムルの部屋を立ち去った。チムルは両手に刺さる槍から逃れようと動くたびに激痛が走る。ドホールの私兵が床板をすべて剝ぎ取り書簡を奪っていた。チムルはそれを見ていることしかできなかった。

シャルはチムルを自分の部屋に運び込んだ。

「ドホールがなぜチムルをこのような目に⁉」

「シャル皇帝……ドホール王は王座を奪うために……ナラム上皇の死を偽って……ウウッ……」

「ほ、本当に……すべてドホールの仕業なのか？」

「シャル皇帝……アルト大将軍が不在の今……頼れるのは……ドホール王を止められるのは……セレナ様です……セレナ様の元へ行くのです……」

シャルはセレナの元へ走った。シャルからドホールの陰謀を告げられたセレナはドホールに詰め寄った。

「お父様！　何というおそろしいことを！」

「セレナよ、私はウマを王に据える。あの子は賢く王の器を備えている。シャルはまっすぐな性格ゆえ簡単に操れた。そなたも元の場所以上に高い地位に据えてやるぞ。」

「お父様、お忘れですか？　私が犯した罪をアッカドの皇帝は許し、極刑を免れた。恩を仇《あだ》で返すような、そのような謀反を企てるなど！」

「ナラム上皇が日本へ発ったあと、この帝国では誰が王で、誰が王でないか分からぬようになった。このままいけば、私でなくとも誰かが王座を狙うだろう。シャルが来るまでその王座はウマのものだったのだ。それを取り戻すだけだ。」

「いいえ。ウマを王座になど座らせませぬ。」

「ワッハッハ。そなたが反対してもウマは王座に就く気があるようだぞ。」

「え？」

「チムルの書簡の存在を私に気づかせてくれたのはウマだ。ウマは幼い頃、チムルから文字を教わっていた。その際チムルは『歴史は正しく記すべきだ』と常々言っていたそうだ。」

「そんな……ウマが……」

困惑するセレナ。そこへドホールの私兵が飛び込んできた。

「ドホール様、アルト大将軍とナディ王子が間もなくアッカドに到着すると伝令から報告が！」

「思ったより早かったな。出迎える準備をしよう。」

「は！」


アッカドに到着したアルトとナディは目を疑った。城門をくぐるなりあちこちで衝突や暴動が起き、死体が転がっている。

「なぜこの様なことに？」

そのまま歩みを進めたアルトは愕然とした。

「な、ない。北極星神の神殿が！」

アルトはシャルの元へ駆け付けた。

「シャル！　これはどういうことだ！　チ、チムル！　その手はどうした！」

「……私がチムルの言うことを聞かずドホールの言葉を信じたせいでこの様なことに……」

シャルがそう言った次の瞬間、ドホールに寝返ったシャルの近衛兵がアルトに剣を向け、アルトを取り押さえた。

「グサッ」

アルトの背後にドホールが立っていた。ドホールはアルトの背中に剣を突き刺していた。アルトは振り返りながら膝から崩れ落ちた。

「クッッ」

「アルト大将軍！」シャルが駆け寄る。ドホールは二人を見下げながら言う。

「私の言葉を信じたせいで？　いいえ、違いますでしょう。シャル皇帝はご乱心なさって北極星神殿を破壊してしまわれた。命令を下したシャル皇帝のお命を北極星神に捧げて、神の怒りをお鎮めいただかなければきっとこの後、アッカドには恐ろしい天罰が下るでしょう。」

「て、天罰が？」

シャルは動揺した。アルトが叫ぶ。

「ドホール……ハァハァ……天罰が下るのはそなただ……」

「ワッハッハ。アルト大将軍、面白いことを言いますね。そうですね。私にも天罰が下るかもしれません。しかし、一番の天罰が下るのはアルト大将軍、あなたですよ。」

「な、なんだと……」

「私のこの計画に加わった王族や国々は、三世の圧政とアルト大将軍、あなたの横暴さに苦しんだ者たちです。ナラム皇帝の世に改善され、大将軍も改心したとはいえ、アッカドに対する恨みの念は深すぎたようですね。その数の多さには、私も驚きましたよ。」

「そ、そんな……」

「ナラムから直々に育てられ私になびかないであろう者たちは、皆アッカドの外に派遣しました。それから遠征に出向くように仕掛けをして。お、まもなくグティの大軍がここに到着します。私の味方として。さあ、お迎えの準備をしなければ。ワッハッハ。」

ドホールはそう言うと、シャルの部屋を後にした。必死に膝で立っていたアルトが床に倒れこむ。アルトの目に涙がこみ上げる。

「……ハァハァ……私の生き方が違っていた……あのとき兄上の言うことを聞いていれば……シャル……シャルのせいではない……私のせいだ……申し訳ない……」

アルトはそう言って目を閉じた。

「アルト大将軍！」

シャルの叫び声が響く。


セレナはウマを説得していた。

「ウマ、王座を奪おうとするなどなりません。」

「母上。奪うのではなく取り戻すのです。そして母上にも元の地位にお戻りいただきたいのです。私が王になれば、母上は元の地位以上になられる。」

「私のために？　私がそれを望んでいるとでも？」

「お戻りいただくべきなのです。母上はずっと苦しんでこられた。突然シャルが現れたあの日からずっと涙を流してこられた。」

「ウマ、私は側室の座を追われたから泣いていたわけじゃないの。罪を犯した私を許した、あなたのお父様とシャル様のお母様の深い愛に涙が止まらなかったの。」

「罪？　母上の罪とは？」

「私は……シャル様の命を奪おうとし……生き延びたシャル様を親の元から引き離してしまった。シャル様は元々この国の皇太子。王座はシャル様のものなの。」

「……おじい様から聞いていたお話と違います……」

「おじい様のせいでもシャル様のせいでもないの……私の過ちのせいであなたの人生を奪ってしまった……ごめんなさい……」

「母上……」

セレナは泣きながらウマを抱きしめた。ウマは思い出した。幼い自分が階段から落ちそうになったとき、身を挺して自分を守ってくれたサライのことを。その後、突如兄が現れた。そして自身の皇子の座がはく奪され、アッカドの宮殿を追い出された。それでも当時のウマにとって大事なものは王座でも地位でもなかった。いつもそばで愛してくれた母親の存在がウマには大事なものだった。ドホールはそんなウマの心につけ込み、母親の為に王座を取り戻せとウマをそそのかしていた。誤解が解けたウマは王座争いをやめた。

アッカドは混乱の渦《うず》に陥った。

「アルト大将軍が亡くなられた！」

「な、なんだって！」

「グティの大軍がアッカドに押し寄せてくるぞ！」

「アルト大将軍を失った我々が城壁を守れるのか⁉」

「神殿を焼き払ってから、次々と国難が起きているではないか！」

「もしや、神の天罰か⁉　やはり神殿を焼き払ってはいけなかったのだ！」

「命じたシャル皇帝は責任を取るべきだ！」

「そうだ！　そうだ！」

「元々王座にはウマ様が座られるはずだった！　ウマ様にお戻りいただこう！」

「そうだ！　そうだ！」


民の心はドホールが企んだ方向へ傾いていった。止まない民の叫び声がシャルの部屋にまで響いてくる。そんな部屋でシャルは、手に負った傷と発熱にうなされるチムルの世話をしていた。チムルを見つめながらシャルは言った。

「……チムル……民の言う通りだ……責任を取るべきなのは私だ……」

部屋にはチムルの荒い呼吸と民の叫び声が入り混じりながら夜が更けていった。

翌朝、チムルが目を覚ますとベッドの横に若くて可愛らしい女性が座っていた。女性は目覚めたチムルに言った。

「チムル、目が覚めましたか？」

チムルは答えた。

「……ミネ様がなぜここに？　シャル皇帝は？」

この女性の名前は「ミネ」と言い、シャルの側室だ。身分が低い王族の出で、他の妃たちからいつも見下げられていた。

チムルは体を起こしながら辺りを見回してシャルを探したがいない。ミネが言った。

「これをシャル皇帝が。」

ミネは一枚の書簡をチムルに見せた。両手が使えないチムルに、ミネは文字の方をチムルに向けて読ませた。読み終えたチムルは大きな声を上げた。

「……そんなっ！」

慌ててベッドから起き上がると、ふらつきながらも部屋から駆け出して行った。

シャルの書簡にはこう書かれていたのだ。

「チムルへ
チムルの忠告に耳を傾けずにチムルをこのような目に遭わせ、失ってはならない北極星神殿をアッカドの民から奪ってしまった。これまで私なりに努力してきたつもりだったが未熟だった。しかし未熟だからと言って許されない罪を犯した。私は責任をとる。
チムルにはお詫びの言葉も見つからない。本当に申し訳なかった。散々苦労をかけた私だが、最後にもう一つ頼みがある。ミネを守ってほしい。ミネは私の子を宿している。妃のなかで唯一、素朴なミネだけが私に安らぎを与えてくれていた。ミネの妊娠は私の医師以外知らない。知られれば命を狙われるだろう。私が愛したミネと、私が生きた証である子を守ってほしい。最後まで苦労をかける皇帝だが、どうか最期のわがままを聞いてくれ。」

チムルはシャルの元へ急ぐ。

シャルの部屋に残されたミネの目は泣きはらして真っ赤だった。チムルが出たあと、さらに涙が込み上げてくる。ミネは涙を拭いながら書簡を地面に叩きつけて砕いた。自分の妊娠が書かれたこの書簡はチムルが見た後始末するようにとシャルから言い渡されていたのだった。

シャルは処刑台に座り、その時を待っていた。周りにはドホール、セレナをはじめとした王族ら、そして民が集まっていた。ドホールが皆に向かって叫んだ。
「シャル皇帝は北極星神の怒りに触れ、アッカドに神罰をもたらせた。その責をとり、自らのお命を神に捧げ神の怒りを鎮めようとされている。皇帝としてのご決断を我々は称え、語り継ごうではないか。」

シャルは目を閉じてうつむき、ドホールの叫びを聞いている。ドホールの横ではセレナがドホールを止めようとしている。

「お父様、おやめになってください!!」


民は動揺している。

「アッカド直系の皇帝を失ってはますます神罰が下るのでは……」

と怯える者、

「シャル皇帝が責任をとるのは当たり前のことだ！」

と言う者。様々な思いが絡み合う。


ドホールを止めることができないセレナは、シャルに向かって叫んだ。

「シャル様！　責任をとるべきなのはシャル様ではありません。我が父を陰謀に駆り立てたのは私なのです！」

シャルは閉じていた目を開いた。セレナが続ける。
「最初に王座争いをはじめたのはこの私でした。ウマを王座に据えるためにシャル様を宿したサライ様のお命を奪おうと……それだけではありません。命を留められたシャル様をサライ様から引き離し……母親の愛を一身に受けるべき大切な時間を、私はシャル様から奪ってしまいました。ずっとお詫びしなければと思って参りました……私があの様なことをしなければ、父も王座を狙うなどすることもなかったはず。元凶はこの私にあるのです。」

公衆の面前でのセレナの突然の暴露に、ドホールが慌てふためいている。

シャルは静かにセレナへと視線を傾けて言った。
「セレナ様、私がどのような道をたどって来たとしても、結局ここで判断を違えたのは私です。私が父上との約束を破って神殿を壊してしまった。私はその責任をとらなければならないのです。今世はこの命を神に捧げ、もし私に来世があるとしたら、その時、私は人々に伝えて歩きます。北極星神は人類にとって失ってはならない神だと。そのことを魂に刻み、私は逝きます。」

シャルは再び目を閉じた。

刑を執行する役人が剣を振り上げる。

セレナが叫ぶ。

「シャル様ー！」

そこへチムルがやっとのことでたどり着く。

「シャル様!!」

「ドサッ」

刑は執行され、シャルの身体が横たわった。辺りはシーンと静まり返り、まるで時間が止まったかのようななか、シャルから流れ出す血が辺りを赤く染めていく。

セレナもチムルも周囲にいた民も、しばらく呆然とシャルを見つめていた。すると周囲の民がこう言い始めた。

「さっきセレナ様は何とおっしゃった？　シャル皇帝のお命を狙ったと？」

「私もそう聞こえたぞ。ドホール王の陰謀だとも聞こえた！」

「なんだ？　責任を取るべきだったのはシャル皇帝ではなく、セレナ様だったというのか？」

「何ということだ！」

民が騒ぎ始めると、ドホールは一目散にその場から立ち去って行った。次の瞬間、一人の民が剣を向けてセレナに向かってきた。

「我々の皇帝になんということを！　責任をとれ！」

「カキーンッ」

民の剣が弾き飛ばされた。弾き飛ばしたのは、ナディの近衛兵だった。ナディがウマとミネを連れてセレナとチムルの元に駆け付け、チムルに言った。

「チムル、城壁の周りは寝返った多くの軍に囲まれている。城壁内の王族や臣下たちは自分の身を守るばかりで内部分裂している。もう……ここは守りきれない。宮殿を出るのだ。さあ、こっちへ。」

チムルはシャルの処刑場にたどり着く前、ナディに助けを求めていた。ナディはアルトと共にアッカド入りした際、アッカドに歯向かう軍との攻防のためアッカドに留まっていたのだった。ナディの存在に気づいたチムルは、ミネとウマを連れ出してほしいと助けを求めていた。ナディと近衛兵に連れられてセレナ、ウマ、ミネ、チムルの四人は宮殿を出た。

宮殿を出る前、チムルは横たわるシャルの元へ駆け付けた。腰を落としてシャルの顔をジッと見つめた。

「シャル様、ナラム様、私が至らずにこの様な事態を招き、誠に申し訳ございません。まだ私にチャンスがあるのなら、次の世でもシャル様、ナラム様と出会い、今度こそ民が、与えられた天命を果たせるようにお仕えします。その世を迎えられるように今、ナラム様から授かった霊の元つ国の精神と技術をメソポタミアの国々に引き継いで参ります。シャル様の御子と共に。」

チムルは心のなかでシャルに想いを告げると、シャルを葬ることができない事態に唇をかみしめながら腰を上げ、宮殿を去った。


大事な娘であるセレナと、陰謀の大義であるウマを失ったドホールの計画は失敗に終わった。計画に参画した者たちから責めを受けた。ドホールに従いながら天下をとる時期を見計らっていた者たちは、裏切り、寝返りを繰り返し、アッカド帝国は内部分裂した。血の海と化した巨大な帝国に、反旗を翻した国々が攻撃を仕掛けてきた。瞬く間に城門から敵兵が侵入し、あちらこちらに炎が上がった。

ドホールは炎に包まれたドホール家のセレナの部屋で一人、呆然と立ち尽くしていた。

「……愛するセレナ……ウマ……私を置いてどこへ行ってしまったのだ？」

ドホールはそう嘆きながら、セレナの香りが残るセレナのスカーフを抱きしめた。するとドホールはスカーフに包まれていた書簡の存在に気づいた。書簡にはセレナの想いがこうつづられていた。

『私はお父様のご愛情を目一杯受け、ナラム、アルト、チムル、カイリ、ベルクという優れた人々と共に成長し、何の不足もなく過ごしてきた。でも、不足しているものがあると気づかされた。それは私自身が人にかける愛が不足しているということだ。私は、お父様の期待に応えるために、シャル様の命を奪おうとした。その罪が明るみになり側室の座をはく奪されたとき、私はお父様に「白状したのは女官だ」と嘘をついた。「自分が白状した」そんなことはお父様に言えなかった。期待を裏切りたくなかったからだ。自分の身を守るために人のことを蹴落としてきた。そうして取り繕った人生は結局ほころびが出て、地位も名誉もすべて失った。ウマの人生も奪ってしまった。自身の宮殿に戻っても居場所はなかった。肩身が狭くて途方にくれた。そんな惨めな私と幼いウマの元に、ナラム皇帝は極秘でチムルを差し向け、ウマに父親の愛情を注いでくださった。教育も衣服も装飾も食べる物も、シャル様にされるのと同じだけのものを与えてくださった。サライ皇妃は「ウマとシャルは兄弟であり、私たちは家族だから」とお言葉をくださった。すべてを失って気づいた。人の心を惹きつけるのは「地位や名誉」ではなく「太陽のように与えるだけの愛」ということを。それに気づけた私は地位や名誉への執着を捨てることができた。心がとても軽くなり、ウマと穏やかな日々を送ることができた。ウマはとても優しい子に育ってくれた。地位や名誉に執着しているお父様にはまだ言えないが、年をとられてご隠退されるときが来たらウマと私で孝行をしたい。お父様の望むかたちとは違うけれど、それが私の応え方だ。早くそんな日が来ることを願っている。』

ドホールは膝から崩れ落ちた。初めて知った。ナラムとサライから深く愛されていたことを。セレナが望んでいる未来のことを。

「……私は……なんのために王座に執着してきたのだろうか……セレナ……ウマ……私が悪かった……シャル……ナラム……私はなんということを……。」

ドホールはセレナの書簡を抱きしめながら、後悔の念と辺りに立ち上る炎に包まれてその命を終えた。

アッカドの危機を知った多くの国々もアッカド攻防のため集結した。しかし、内部から崩壊した帝国は他国の攻撃に耐えることはできなかった。

ミネたちを連れ出したナディは、崩壊するアッカド帝国を目の前に「戦わずして生きる道をエラムに創ろう」と決意を固めて泣きながらアッカドを出た。

セレナとウマは途中、山の奥深い村で別れた。アッカドの正統な血を引くウマはこの村でひっそり余生を過ごすことになる。

チムルとミネはナディの国であるエラムにかくまわれた。ミネはそこで子を産んだ。エラムで過ごす間、チムルはアッカドにおいて得た様々な智恵と技術をエラムへもたらす。ナディはチムルから得た智恵と技術を土台に「ナラムから託された想いを継承しよう、天命に生きよう」そう誓った。それはナラムへの友情の証であった。ナディ率いるエラムは後に神の守護を受けて偉大なる帝国を創る。ナラムの崇高なる祈りはこの国に引き継がれていく。

子の出産を終えたミネは、しばらくするとミネの母国へ帰ることになった。シャルの子はそこでかくまわれ、アッカドの正統な血が続いていく。ミネのお供をしたチムルは、ミネの母国へもアッカドの智恵と技術を伝えていった。

チムルのみならず、崩壊するアッカドから出てバラバラに散った、ナラムが育てあげた者らは、霊の元つ国の精神と科学の技術を、散った先々で広めていった。これがアッカドが世界に果たした役割だった。全世界を開いたというシュメールメソポタミア文明の元を築いたアッカド帝国は内部分裂によって崩壊した。

アッカドがその治世を終えようとする頃、ある男が船に乗っていた。シャルを育てたネオスだ。

少し前、ドホールの企みを知ったチムルは、自分の身の危険を感じ、ネオスを探し出し訪ねた。チムルを見るなりネオスはこう言った。

「チムル様がどうしてここに？」

「私をご存じで？」

「はい。私はアッカド宮殿でひそかに三世様にお仕えしておりました。」

ネオスは三世からシャルの世話を託された人物だった。

「シャル様が去ったあの日、私が小屋に戻ると小屋の入り口に縄がかけられていました。それが私とシャル様の別れの合図でした。ナラム様がシャル様を向かえにこられて、本当に嬉しかった。」

「シャル様が幼い頃、ネオス様に会えないことに涙されている日もありました。しかし、ナラム上皇に愛されて育ち、立派な皇帝になられました。」

「ナラム様が父親になられたとは……。」

ナラム様がお生まれになった時、三世様は大変喜ばれた。他の皇子が嫉妬するほど愛しておられた。しかし世は乱れていました。アッカド一世様の創り上げた世が二世様の世に崩れはじめ、三世様が引き継がれたときには、三世様を慕う王はいませんでした。三世様は人を信じる事ができなくなり、唯一、三世様を支えているのは『権力』でした。そんな時、ナラム様が権力ではないもので民を惹きつけていかれるお姿に、ひそかに三世様はお喜びでした。ナラム様がはじめられた治水工事には、三世様はそれはそれは期待され完成を楽しみにされていらした。」

「まさか……あのとき三世様はアルト皇子に治水工事の労働者を斬るよう命令されて、工事は一時中断になって……。」

「それはアルト様の独断でされたことでしょう。あの頃のアルト様は御心が不安定であちこちに当たり散らしておられた。意図もなく、三世様のお名前を出されたのでしょう。」

「そんな……あれを機にナラム上皇は三世様追放を決断されたというのに。ナラム上皇の誤解をお解きしなければ。」

チムルはシャルが王座を脅かされていることをネオスに告げ、ナラムに届けてほしいと、ナラムに助けを請う書簡を託した。

ネオスの手によって運ばれた書簡は、その後どのようなルートをたどったか定かではないが、日本、そして石碑の場所にたどり着いていた。しかし、ナラムに開かれることはなく、そのまま数千年間土の中で眠っていた。その書簡が太平の手によって真人に手渡されたのだった。

最終章

争いをやめよ

【現代　石碑の場所】

「真人！　真人！　大丈夫⁉」

真人は令の呼びかけにハッとした。真人が粘土板の文字を指でなぞり、聞こえてきた聞き覚えのある声はチムルの声だった。真人の目から涙が溢れて止まらない。その隣で突然、太平が真人に向かって跪いた。真人の脳裏にシャルの声が響いた。

「父上、申し訳ありませんでした。」

「シャル？」

「私は北極星の神殿を壊し、民から神を奪い、日本が本家であるという歴史も消し去ってしまいました。父上が創り上げた帝国を私は崩壊させてしまいました。どうか、北極星神を民の元に戻してください。どうか。」

シャルの声は目の前で跪く太平から聞こえてくる。

「君がシャルなの？」

真人がそう言った瞬間、再び、真人の脳裏にアッカドの光景が浮かび上がった。

【アッカドの世　ナラム】

霊の元つ国にいたナラムは、渡来人との攻防のため、石碑がある不二山の麓の神殿ではなく九州に滞在していた。そこで使者からシャルの死が伝えられた。霊の元つ国を離れられないナラムはカイリを送り、陰謀に加わった王族らの処刑を命じたが、そこにいた十数ある王族は、すでにバラバラに都を落ちて都は廃墟と化していた。ナラムが作った地下の開発部屋はチムルの手で封印されていた。バラバラに散った王族はアッカドの物質開発の技術を持っていた。散っていった先でその技術は花開いた。

ナラムとサライは九州攻防を終えると不二山の麓に戻った。そこで火を焚いて神に祈りを捧げた。

『自然界と人が共に生きられる物質文明を起こし、その文明がメソポタミアから全世界にひろがって、世界の民が豊かな文明を持つ』

そのような神の願いを、アッカド帝国は『争い』によって果たすことができなかった。ナラムは争いを繰り返すおろかさを神に詫び、その後の人生はサライと共に不二山に向かって平和を祈り続けた……。涙を流しながら……。

【現代　真人と太平】

真人は気づいて言った。太平が紙を裂く理由を。

「太平君は……シャルの生まれ変わりなんだ。紙を切り裂いて過去に犯した過ち……神殿を破壊した過ちを伝えようとしているんだ……紙は神のことだ。「紙＝神をちょうだい」と言って、北極星神の神殿を元に戻してほしいと訴えているんだ。」

真人のその言葉に、令と宙斗は太平へ視線を向けた。太平は、それまでの様子とは一変し、まるで気が済んだかのように落ち着き、普段の太平に戻っていた。
真人、令、宙斗は、頭が飽和状態となり、その日はそのままそれぞれの家へ戻ることにした。

真人が玄関に入ると、テレビから聞こえるニュースキャスターの声が耳に入ってきた。真人は慌ててテレビの前に座った。
キャスター
「アッカド宮殿と思われる遺跡がみつかりました。これまでアッカドの宮殿がみつかっていないことで、その歴史は謎に包まれていましたが、再び考古学の夜明けが到来しそうですね。現時点の発表では、遺跡のなかから鉄製の車輪や剣がたくさん出てきたそうです。」
考古学者

「それは『製鉄のはじまりがヒッタイト』という定説が覆るかもしれませんね。」
　キャスター
「さらに、真北を向いた神殿跡のようなものが見つかって、崩れた壁には火で焼け焦げたような跡があったそうです。」
　考古学者
「真北ということは北極星ですね。古い遺跡ほど真北を向いていることが多いんです。ある時代から東に変わってきますがね。それは世界各地で見つかる遺跡に共通して見えることなんですよ。」
　キャスター
「世界でもですか？　考えてみれば現在の日本の中心は伊勢神宮で太陽神ですね。しかし外宮では北極星神の痕跡が今でも残っていると聞いたことがあります。」
　考古学者
「昔の人にとっては政治と信仰は大きく関わりを持っていましたからね。統治者が代われば神も代わる。それまでの神は消されるんです。日本の歴史も統治者によって改ざんされてきました。アッカドの神殿の壁が焼け焦げていたのは統治者が代わるときに戦があったということが推測されるでしょう。」
キャスター
「そうなんですね。それではこれについてはどう推測されますか？　こちらの写真をご覧いただけますか？」
キャスターがそういうと、テレビは一枚の粘土板を映し出した。キャスターが言った。
「まるでＵＦＯのようなものが描かれているんです。そしてそこに足をかけている人物が一人描かれている。こちらはどのようにお考えですか？」
考古学者
「こういう物も出てきますよ。インドではＵＦＯの設計図が描かれた石も出てきますし。」
キャスター
「そうですか。これだけ多くの物が出土して、これからの研究の発表が楽しみですね。」

キャスターがそう言い終えると、テレビには発掘されたアッカド宮殿遺跡の全貌が映し出された。その瞬間、現代の真人と太古のナラムが重なった。二人の目から涙が流れた。

翌日も、真人は令と宙斗と共にいた。宙斗が言った。

「太平君のお母さんから電話があったんだ。太平君が紙を裂くことをピタリとやめたから、もう紙は用意しなくて大丈夫だって。」

令が言った。

「伝えたかったことが伝わったから……真人が気づいてくれたから……かな。きっと真人がナラムなんだ。だから太平君は真人に石を渡したんだ……。」

宙斗が言った。

「僕、真人の夢の話を聞いてからずっと気になっていたんだけど……ナラムに霊の元つ国の王が言ってた話……アトランティスは超科学核戦争をして大陸を沈ませたって……。それって、僕がアトランティスの王子ってことが本当だったとしたら、僕が沈ませてしまったっていうこと？　白羽《しらは》が田んぼを作って残してくれた唯一の大地を……僕が……僕があの後沈めてしまったの？　そ、そんな！」

宙斗は泣きだした。すると、ずっと黙っていた真人が口を開いた。真人は天を見上げながら言った。

「争いはおろかでありむなしい。人類からこの争いの種をなくす道を探そう。それはこの富士山太神宮を再建することであり、銀河系の中心、北極星を決して失ってはならない。そして、宇宙の星々と共にこの地球で生きるすべての生きとし生ける命を大切に残し続けることが人の使命である。大自然を元に戻し、豊かな自然の恵みのなかで人は豊かな心が生まれ、自然と人々を愛する想いはこの地球から争いをなくすことができる。人は我が子と人々の幼子も等しく愛し、この美しい地球を残し続けることに生きることをさとる。遠い昔より人類は宇宙に飛び出し、宇宙のなかにいるすべての生命と共に生きた御世より今日に至る。すべてをありのままに受け入れ、そのすべてに愛を与え生きる。かつての喜びに生きる日を祈り続ける。今もなお宇宙に飛び立ち人類を守り続けている我が祖先と共に。」

真人は天外天《てんがいてん》に向かい嗚咽しながらそう言った。真人は感じていた。北斗の生まれ変わりである宙斗は、チムルの生まれ変わりでもあることを。北斗はアトランティスの王子として生きたその御世、結局天命を果たすことが出来ずに大陸と共に沈んだ。そんな北斗の魂はメソポタミアの御世にチムルとして生まれた。同じ過ちを繰り返してはならないという想いが魂の奥に刻まれているチムルは、最後までアッカドに忠誠をつくした。しかし結局、天命を果たすことができなかった。

宙斗の兄の令は、アッカド崩壊後にその天命を引き継いだエラムのナディの生まれ変わりだった。真人はそう感じたことを令と宙斗に告げなかった。しかし、真人が嗚咽するのと一緒に令も宙斗も号泣した。記憶はなくても、魂は過去世に刻んだことを覚えている。三人は争いをやめることのできない人類を詫びた。

太平はその後、紙を裂くことはなくなった。そして周囲には分からない言葉を発する回数が減っていった。それと同時に日本語を覚えだした。太平の担任である特別学級の先生は、太平と意思の疎通ができるようになりとても喜んでいた。そこに新任の先生が赴任し、前任の先生は新任の先生に太平の様子を申し送りした。普段宙斗が遊びに来て、宙斗が太平の面倒をよく見ていることも申し送りされた。新任の若い先生に太平はすぐになついた。

新任の先生は、太平と工作をして遊んでいる宙斗にこう言った。

「宙斗君は物づくりが得意なのね。特にこの不二山の模型、とても良くできてる。この不二山の上にある赤紫色の球はなんなの？」

自信を持って答えようとした宙斗を差し置いて、太平が言った。

「先生は知ってるでしょ。」と。

太平の言った言葉を耳にした新任の先生の目から突然涙が流れた。

「あれ？　なんで涙が？　太平君、なんで先生が知ってるのかな？　先生初めて見たよ。」

涙を拭う先生の顔を宙斗は見つめた。しばらくして言った。

「先生……会ってほしい人がいるんだ。」

宙斗にはある思いがよぎっていた。

「先生が……ムー大陸にいた白羽？」

宙斗は白羽の顔を知らない。白羽の面影がある顔をした新任の先生に、真人が出会う日は近い。


「神殿を建てよ」

「大自然を元に戻せ」

「争いをやめよ」


人類が和することを合図として、神は発動する時を待たれている。神が発動されたその時、人類は神と出会い、本家の民も分家の民もその天命を果たすことができるだろう。人類は争いをやめることができるのか。今こそがラストチャンス。

完

不二真央都　ふじ まおと
小説家
不二阿祖山太神宮の講演会に参加し、渡邉大宮司の講演を聞くうちに歴史ロマンに目覚め、太古の物語を書きたいと思うようになる。
不二真央都が書く物語はフィクションだが、モデルは不二阿祖山太神宮の渡邉大宮司である。

未来を紡ぐ覚醒のVision
シュメールの王と霊《ひ》の元《もと》の王
～LAST CHANCE～

第一刷　2021年6月30日

著者　不二真央都

発行人　石井健資

発行所　株式会社ヒカルランド
〒162-0821　東京都新宿区津久戸町3-11　TH1ビル6F
電話　03-6265-0852　ファックス　03-6265-0853
http://www.hikaruland.co.jp　info@hikaruland.co.jp
振替　00180-8-496587

本文・カバー・製本　中央精版印刷株式会社
DTP　株式会社キャップス
編集担当　高島敏子

ISBN978-4-86471-987-2

不二阿祖山太神宮

鎮座地：〒403-0003　山梨県富士吉田市大明見字山ノ神戸3510

公式ホームページ　公式フェイスブック　公式インスタグラム　公式ユーチューブ

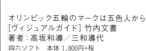

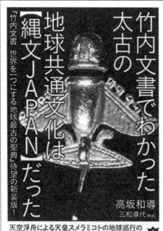

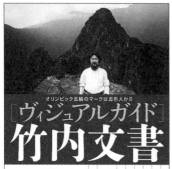